寛容は自らを
守るために
不寛容に対して
不寛容に
なるべきか

渡辺一夫随筆集

三田産業

寛容は自らを守るために不寛容に対して不寛容になるべきか　渡辺一夫随筆集

目次

非力について

敗戦後、学生の人々、特に軍隊にいて玉砕精神を否応なしに持たせられていたらしい学生などに接するのが、何か僕は苦しくてたまりませんでした。僕は、人間というものは自分の思いこんだことは、他人が何と言おうとなかなか棄てられるものではないという気がしていますし、偏狭な人々が、あらゆる論理を超越した詭弁を弄し、現実を無視した理論をふりまわしていたのを知っていますから、若い学生たちが軍隊生活で所謂鍛えられた結果どうなっているものか、甚だ不安でした。大変困ったろうとも思いましたし、案外かぶれているかもしれぬとも思いました。特攻隊員になった青年に訊ねてみましたら、「自分は死ぬ気でした。しかたありませんでした」と笑いながら答えました。これらの学生たちは、こっちで戦争の話や軍隊の話をしかけても余りはきはきした返事をしてくれませんでした。いやな思い出にさわられるのがいやなのか、それとも碌々として生き残った中年の我々の申すことをつまらぬ世迷言と聞き流すのか、それも判りません。勢に乗じて、「世情」を論じ「戦争悪」を語り、「祖国」を罵倒する僕を、学生たちは黙ってきいていました。もしかしたらしゃべりちらす僕を、あわれみの情を抱きつつ、そっと見守っていてくれたのかもしれませぬ。これはうぬぼれです。

　あの頃から二年の歳月は流れ、特攻隊員だった学生も頭髪を伸ばし、すっかり大学生らしくなり、卒業試験を受けるようになりました。そして、とも角も、卒業するのに必要な専門の常識は一通り身につけたようであります。卒業生たちは、或る者は直ちに学校教員として招かれて赴任しますし、或る者は研究室へ残って研究を続けることになりました。いずれ、妻を迎え、父となり、……つまり、戦前と全く同じいとなみが繰り返されようとしています。

　人間の生態も社会や国家の制度も、一朝一夕にして変化できるものではありますまい。いかに改革が必要であり、その改革がいかによいものであっても、なかなかそれを実行できないものです。しかし、常によりよいものの探求に志さねばならぬことは勿論であります。これは現下の日本においては一番大切なことでしょう。

一見昔と同じようないとなみをしている学生たちに、こういう志がないと推定する、いかなる根拠もありませぬ。恐らく、銘々が現在の日本の現状のなかで苦悶しているに違いなく、単にスウィート・ホーム建設の夢のためのみに学問をしているとは思われませぬ。しかし、一般社会のどんよりした空気が、若い学生たちに及ぼす影響を考えますと、老婆心ですが、泣言を申したくもなります。

最近もある新聞に某学者が、「やはり日本は精神主義で西洋は物質主義だ」という昔のままの小文をのせて居られ、僕は大変びっくりしましたし、ある学校の口頭試問で「天皇は陸海軍を統率す」という文句が、新憲法にあるのか旧憲法にあるのか判らぬ青年が沢山いたという事実も教えられて、僕は非常に愕然としました。更に、あるアメリカの新聞記者がヨーロッパ巡歴後日本に立ち寄り「ヨーロッパは暗くて無気力だ。日本は明るくて元気がよい」と言ったというので、鬼の首をとったようによろこんでいる人々がいると聞かされて、またしてもヒステリーの発作が起りそうになりました。

我々日本人も、何をしてものんきな顔をしている動物に対して「畜生のかなしさに、これが判らねえのか……」などと申しますが、我々も同じことを誰かに言われないようにできるという自信を持ちたいものです。自分のしたことを自覚できぬ生物は、常に明るくて元気がよいように見えるものであります。そして例えば、J・P・サルトルが暗いヨーロッパで、次のような呻き声を立てていることは、明るくて元気のよいだけの生物には判らないもののようであります。

「人類が今後も生存し続けるとしたら、それは、人類が既に地上に生れてきているからという理由からではなく、人類が生存し続けることを自ら希望する理由からであろう。」

この言葉は、サルトルが、日本降伏直後にこれから先の世界の姿を考えつつ綴った文章の一節です。こういう言葉は決して明るくありません。せっぱつまった、動きのとれない状態と、是が非でも何とかせねばならぬという気持を我々に伝えます。このようなことを考える人々の多いヨーロッパは、このようなことを考えない人々の多い土地よりも、暗いにきまっています。

考えないのが悪いなどとは申しませんが、考えないと大損になると申せましょう。学生諸君に向って、僕は何も要求できません。しかし、今申したような大損になるにきまっているようなことだけはしないようにとは言いたいのです。その上で、恋愛もよいでしょう。ダンスもよいでしょう。そして、深遠な形而上学や詩歌も結構です。しかし、恋愛もダンスも「文化」の所産として錬磨され得ますが、それ自体は決して文化の条件ではないのです。犬でも猫でも恋愛をしますし、ポリネシヤの土人もダンスをします。そして深遠な形而上学や詩歌は、これを護り育てる地盤がなければ、いつでも抹殺され得るものであります。

これも恐らく、私と申す中老書生の泣言であります。その上に僕は、前に人間というものは自分の思いこんだことをなかなか棄てられぬと申しました。僕もそうなのでしょう。学生諸君もそうかもしれぬと思います。ただこの世の成行の事実に、すべてを教えてもらうよりしかたがないのかもしれませぬ。そう思う時、僕は、自らの非力を悟り、がっくりしますし、自分の思いこんだことをみつめて、ためいきをもらしてしまいます。(23 sept. 1947)

思想の役目について

広津和郎先生がある対談会で次のように言って居られた。「……現実の政治というようなものについては、ある意味で非常にニヒリスチックなアナキスチックな気持になりますね……国民が三合の配給をのぞんでいる。そして、一つの政党が内閣を取って配給をやろうとしていると、外の政党は、それがうまくゆかないでつぶれるのを待っている。それがつぶれて外の政党が立つ。すると、その政党が国民に配給できないでつぶれることを、また次の政党が待っている……。やり切れないのは国民で……あるいは、もう政党政治の時代ではないのではないか？　あるいは、政党政治でうまくやってゆけぬほど国民も政治家も教養がないのではないか？　……」と。

広津先生のこの感想は、現在の日本の姿をよく観察したものであるとともに、更に深く広いものに触れている。政党の本義や議会政治の本務を忘れ去り、各政党がただ政権を握ることを以て政治の目的とするような日本の現状について抱かれる絶望は、目下世界を二分しているといわれる二つの勢力の対立についても抱かれるであろう。三合の配給を待ってしかも与えられず、ただ、何もしてくれぬ政党の送迎を行うだけの国民は、平和と文化と正義とを求めて、しかも与えられず、地上権力の争奪のみを事とする勢力の犠牲となる人類と同じ宿命にあるといえる。

議会制度も、国民の福祉のためにあり、人類の偉人たちの思想も、同じく人類の福祉のためにある。しかるに、政権獲得のためにのみ議会制度や政治が用いられ、現世権力の争奪のためにのみ思想が用いられるだけなのなら、いずれも本義を逸するが故に死物となるわけである。思想とは、争うためにあるのではなく、現実という巨象を撫でさする群盲たる我々が各自の認知報告を提出して、複雑な人類の現実の処理を行う目的のためにあるものなのであろう。

すぐれた思想家のうちに、人間を不幸にすることを希（ねが）った人は一人もいない。しかも、その末社亜流である我々は、思想の故に、同胞を不幸にすることすらある。広津先生の言葉をもじって使えば、「あるいは人類は、もはや思想に導かれては行動できない時代にきているのかもしれないし、あるいは、思想で現実を処理できるほど人類は教養をまだ持っていないのかもしれない」と申したくなる。

対立する二勢力の中心にある人々の間に誠実な談合が行われず、また両圏内に属する人々の各自が己の思想への反省、思想の本義への反省を行わぬ限り、人類の不幸も、支払うべき犠牲もいずれの側においても甚大であろう。

日本では、エロ作家といわれている十九世紀フランスのギュイ・ド・モーパッサンですら、次のように言っている。「人間の思想というものは、サーカスの馬のように、また栓をされたビンのなかの蝿のように、どうどうめぐりをして、周囲の壁につき当るのが落ちであり、」決して、この壁を越えることはないが、しかも「人間はどうしようもないので、自分一人でいる時には物を考えるのもこれまた楽しいという風に思うのだ」と。つまり、いかなる人間も自分の思想の限界を認知せねばならぬのであって、これは一つの圏内の人間についても真実であり、相対立する圏内の人間相互についても同様である。自由主義とか全体主義とかいう言葉がどのくらいよい加減なものであるか？　完全に自由だと思っている人間でも、いつのまにか全体主義的な思考様式にはめこまれていることがある。未開人が統制のよくとれた文明人を、あるいは劃一的全体主義的といって笑う場合もあろうし、文明人が自由な未開人を無規律といって咎める場合もあろう。しかし、未開人に徹底した全体主義思想があることがあり、文明人に恐ろしい無軌道が見られることもある。

人間には完全な自由などありはしない。ただ自由の主観意識しかない。この反省は人間を謙虚にせねばならず、思想対立の時代に、これが十分に反省されぬ限り、犠牲は甚大となるであろう。政治も議会も国民の幸福のためにあって不幸のためにはない。これを忘れた政治家はすべて狂人である。思想は人間の幸福のためにあって不幸のためにはない。これを忘れさった思想家は狂人である。しかも、われわれの周囲には狂人の数が多く皆権力を持っている。(1947)

カトリシスムと僕

（本稿は一九四七年十一月十五日東大カトリック研究会における講演速記を訂正し加筆したものである。）

僕はカトリック教育団体の建てた学校で少年期を送りました。そして、小学生の頃、決して強制されたわけではなく僕が自発的に、父母の許しを得て、いつの間にか課外の公教要理の授業へも出るようになりました。つまり一人前の信者となるための準備課程を受けることにしたわけです。この授業に参加し始めました頃、あまりよく知らぬ一人の上級生から、――上級生と言っても、僕が小学の三四年生でしたから、その上級生も五六年の少年だったわけですが、――「おめでとう」と言われました。その少年はもちろん信者でしたし、「おめでとう」という言葉は、明らかに、僕が救済の道を辿り始めたことに対する祝詞だったのです。信者志願者になることは、正に選ばれた者の仲間入りをすることにもなるわけでしたから、「おめでとう」と言われるのにも値したのでしょうし、僕自身にも、何だか一段と高い世界へはいるのだというような気持もありましたから、こうした祝詞を受けて、僕は妙に感動いたしました。そして、今でも、あの時年上の少年から与えられた「おめでとう」という言葉を忘れられません。その後、教会へも通い、「公教要理」の授業も受けていたのですが、実に妙なことから、完全な信者になる機会を逸してしまいました。

ある日曜のこと教会から帰ってきて、その日行われた洗礼の儀式などを、今は亡い母に語ってきかせ、自分もいずれ洗礼を受けたいと申したのであります。すると母は、大変びっくりしたような表情になり、大体次のようなことを申しました。

——あなたが教会へ通ってキリスト教の御説教を聞いたりするのを、あたしたちがいいと言ったのは、あなたが世のなかの悪いことから自分を守る道を教えていただけるかもしれないと考えたからなのですよ。しかし……、何事でもそうだけれども、あまり凝りすぎては困りますね！

さらに母は、心配そうな顔で、こう改めて訊ねました。

——キリスト教になると、仏さまや日本の神さまはどうするの？

——そりゃ、偶像ですもの。拝みません。拝んじゃいけないんです。（と僕は公教要理で教えられた通りに答えました。)

——困ったわねえ!

母は、ほんとうに悲しい、不安そうな表情になり、しかけていた針仕事の手までとめて、考えこんでしまいました。

僕はこの時以来、「公教要理」の授業にも出なくなり、教会へ行くのをもよしてしまいました。母の当惑した悲しげな表情にうたれたからですし、「宗教に凝ってはいけないというのはどういうことだろう?」とか、「なぜお互いに否定し合う神が沢山いるのだろう? どれが一体正しいのか?」という疑問が幼い僕の心に萌(きざ)してきて、極めてうっすらしたものでしたが、一種の懐疑が僕を抑えてしまったからなのです。良い正しい人間となる一つの道を教えてくれるはずのキリスト教に凝ることが、愛する母に不安を与えるという道理が当時僕に納得できなかっただけに、またこれを解決する理窟も考えられなかっただけに、こうした小さな事件は、僕にとって決定的なものになったわけであります。後年カトリックのフランス人神父に、この挿話を物語りましたら、「大変不幸なことだった」と、その神父は眉をひそめて答えました。

皆様はおそらく全部信者だろうと思いますから、このような小さな事件を、意味もないことと思われるでしょう。しかし、とるに足りぬ挿話でも、そのなかには単に僕のつまらぬ思い出以外に、「日本人の宗教心」とか「日本人とキリスト教」とかいうずいぶん根本的な問題も秘められているのではないかとすら思っています。これに関しては、もっと詳しくかつ徹底的に解説を要するのでしょうし、僕には目下のところ、この重要問題を取り扱う力がありませんから、何も申さぬことにいたしますが、人間や人生のことを考え、これに対処する道を教え得る宗教中、鍛えられた点では屈指のものだと思われるキリスト教に対するわれわれ日本人の偏見のなかには、人間のこと人生のことに関する無関心が、さらに思想に対する冷淡さがひそんでいるように思われてなりません。「凝ってはならぬ」と言った亡き母は僕にとって実に良い母でしたから、母を咎める志は毛頭もないのですが、あの時の不安そうな悲しげな母の表情と、その訓戒（？）とは、それにうたれて宗教を棄てた幼い僕の心根とともに、日本人の争われぬ血筋を示すような気がしてなりませぬ。とりかえしのつかぬ、やむを得ぬ誤解の一挿話であります。

その後成長いたしまして、多くの人の体験するような人生経験を僕は僕なりにいたしましたが、人間に対し人生に対して、何一つ確実なものは未だにつかめないままでいます。そして、僕という人間は、A+B+C+D……というような一種の因果律と申しますか必然性と申しますか、そのようなもので連結された一定数の事実の総和であり、その上に、AをA'に変えることによって僕は僕でなくなるというようなこともふと考えるようになりました。そして、いろいろな感慨を抱くわけなのです。すなわち、A+B+C+D……が僕ならば、そこには一種の絶対性というものも考えられます。つまり、これ以外に僕はないというような気持です。しかし、僅かAをA'とすることによって、僕が僕でなくなるとすれば、そこには一種の相対性というものも考えられます。つまり、実にあやしげな、すぐに他の者になってしまえるようなはかない感じです。そして、どうにも変えられぬ僕と、ごく小さな条件変動で変化ないし消滅する僕とを、ともに具(そな)えた僕自身への反省は、実に割切れない感銘を残します。それのみならず、こうした二重性の意識は何も僕だけではなく、あらゆる人間に見られる筈であり、結局、人間というものは宇宙、広い宇宙に浮遊する倨傲なくせにはかない微生物のような気がしてきます。倨傲なるが故に、甲は絶対に乙にはなり切れず、甲は乙を全的に理解し能わぬということは、各人のいわゆる自我とか自我意識とでも申す問題にも触れてまいりましょうが、人間の極めて深刻な孤独の事実を僕に考えさせます。それと同時に、はかない人間存在を思う時、人間の倨傲などは物の数にもはいらず、実に他愛もない、いい加減な情ない存在としての人間の姿も考えられます。そして、言いようもない虚無感に誘われてゆくのです。何か確実らしいことを捕えたと信じた場合でも、こうした人間の孤独やはかなさを思いますと、妙に白々した、どうにもならぬ心情の冷却を感じます。つまり、銘々がてんでんばらばらなことをいい気になって考えているのであり、少しでも条件が変わればすべて変わってくる。何が思想だ、というような自棄的な感情です。このような悩みと申しますか、苦悶とでも申しますか、それを何とか解決したいと思うのが、僕の関心の一つになっているわけですが、人間のこの倨傲に発する孤独、はかなさに発する虚無感を埋める道として、内側から、例えばカトリシスムによって、超現世的な普遍なるものへの参与を行い、思い切って僕という人間を改造する方法もあるし、あるいは外側から、例えばコミュニスムによって、現世的な普遍なるものへの参与を試み、思い切って僕という人間を改造する道もあるなどと考えるようにもなりました。僕としては、外からと内からとの人間改造が、同時に調和して行われねばならぬと確信もし、そう希望していますが、この希望は、おそらく実現不可能であることは、いろいろな事実によって感ぜられるのは遺憾です。しかし、この実現不可能とも見えることをねがう志は、学問とか文芸とか真理とかいうものに関心を持った人々（カトリック信者も含めて）の胸に常に宿り続けなければならぬと信じます。

僕は目下フランス文学のある時期について、ある作家について研究調査中の一介の書生であり、この方面については、何も確実なことは申せないのでありますが、フランス文学を通じて感ぜられることは、フランス人の人間観人生観は、常にキリスト教特にカトリシスムの框（わく）のなかでまず作られているということです。各人が、その後この性格を発展させる場合も、あるいはそれに反逆をくわだてる場合ももちろんありますが、根本の最初の規定があることは感ぜられます。すなわち初めから明らかな框を持った人間性や人生観が存在するので、その点無宗教的な日本人とずいぶん違うのではないかと思われます。モーパッサンの『水の上』という随筆のなかに、次のような一句があります。

「悲哀なしに眠りこみ、懊悩（おうのう）なしに目醒め、憂悶なしに騒ぎまわり、苦悶なしに愛し、自ら存在していることをすら、ほとんど感じないような東洋の国へ行って、私は野獣のようになって生活したい」と。

このようなモーパッサンの厭世思想や逃避の夢は、強烈な自我がキリスト教という框を破り去ってさ迷い出て、荒涼とした沙漠に立って叫ぶ空しい絶叫のように思われます。そして、我々日本人の場合は、初めから、モーパッサンが懊悩の極に願い求めた不感不動の東洋の夢幻のなかに生きているとするならば、これはある意味で幸福かもしれませんが、それは、人間らしい幸福と言えるでしょうか？

モーパッサンに限らず、文学史に名を残し、作品の名に価する作品を残しているフランス文学者の人生観人間観には、皆斉しくモーパッサンの場合と同じような框があるのですし、彼らは、それによって自我を守り自我を育てあげ、しかも、この框を強化したりあるいは破壊したりしているのです。

フランス文学思想にはカトリシスムの框があると申しましたが、もちろんこれは一朝一夕に与えられたものではありませんし、与えられた経過を一つ一つ辿ることはなかなか困難です。しかし、中世期の長いキリスト教神学時代から、フランスが文化の華を咲かせていたことが、その出発点となるかもしれません。そして、この出発点から坦々たる道が引かれていたのでは決してないのです。キリスト教神学や広くカトリシスムが、様々な障碍に出会いながらも、しかもなおフランス人の思考の根本に生き続ける軌跡が、フランス思想史文芸史の一面に見られるのではないかと思います。

フランスにおいて、カトリシスムが出会った最初の危機ないし試煉は、ルネサンス期に見られます。中世のカトリック神学万能時代にも、様々な異端思想の克服が行われましたが、カトリシスムの現世的君臨は揺ぎなく、揺ぎないが故に不幸にも、時代の進展に順応してゆくだけの自己調整を怠ったのであります。その結果、ルネサンス期のギリシヤ・ラテン思想すなわち異教思想の復活と、硬化した教会の改革の必要とが時代の問題として提出された時、カトリック教会は、最初は、自己保全のために、時の現世的権威者として、かなりはなはだしい弾圧を異教思想や新教思想に下しました。この時期のユマニストたちは例外なく、異教思想によって啓示された人間観を、キリスト教的人間観と合一せしめようと切ない努力をいたしましたし、カトリック教会の自己粛正も希望いたしましたが、現実の政治・経済・社会問題にも当然からまった重大問題が続々と出てまいり、教会内の有識者の努力にもかかわらず、狂信と愚昧と私慾とが常に指導権を握り、血みどろな内乱が起ったのであります。ルッターやカルヴァンの流を汲む宗教改革運動とカトリック教会との抗争は、政治・経済・社会の諸問題をその身にからみつかせながら、華やかなルネサンス期の重要な思想問題を構成するのであります。

同じ人間でありながら、また同じキリストの名を叫びながら、お互いに殺戮し合うことの愚劣を知った人々のなかには、キリスト教を離れて、自ら異教思想に人間の倫理の根底を求めようとした人々もいました。また、古代の唯物思想が甦って科学精神と結びつき近代的な唯物思想の胎動を示した場合もありました。聖書の引用が一つもない代りに、全巻がギリシヤ・ローマの文芸哲学書からの引用で溢れている書物『エセー』の作者ミシェル・ド・モンテーニュは、正にカルヴァンやルッターとならんで、カトリック教会の敵となり得たわけであります。カトリシスムは、この時期に、こうした二重の敵によって鍛えられたと申せるのであります。

カトリック教会は、この試煉によってもちろん自己粛正をいたしました。フランスでは、宗教改革運動が全面的に成功したとは申せませんが、この運動の意義は、カトリック教会も認めねばならぬのではないかと思います。また狂信と不寛容とを否定し続けたモンテーニュの異教思想が、倫理を神学の手から奪い去り、地上に樹てようとしたことも、カトリック教会の進展を刺激した意味で、認められねばなりますまい。

十七世紀の偉大な思想家であり護教の戦士であるブレーズ・パスカルが、モンテーニュを耽読し、しかもモンテーニュ的な人生観や人間観の打倒のために一生を賭したことは、極めて象徴的なことであります。

十七世紀十八世紀十九世紀と時代が移るにつれて、カトリック教会は、地上の現世的握力を喪失し、政治運動からも徐々に脱落して行ったように考えられます。しかし、これは、カトリシスムの敗北では決してなく、その本来の使命へ正しく復帰したと申せるのではないかと思われます。人間の内心の問題が、現世の複雑な動揺のために追いつめられ、現世の表皮に現われにくくなった時、カトリシスムは、それと同じ道を潔く辿ったのであります。しかし、外界の世界は内界と絶えざるつながりを持ちます。カトリシスムは、その占むべき位置をしめ、人々の思考の根底に一個の燈明として残ったのに違いありません。「余は人間である。およそ人間的なものは一切余と無縁でない」という異教人テレンティウスの句は、現在カトリックの思想家によっても十分に生かされ、発展させられようとしているとも申せます。

近代現代フランス文学には、多くのカトリック文学者や、「蕩児の帰宅」にもたとえられるカトリック教への文学者の大量復帰もあります。「一般の作家はただ彼の作品の芸術的純粋をのみ考えればそれでよい。自己の生の純粋には心を労しないでよい。しかしカトリック作家は彼の作品の純粋さがその生の純粋さに依存することを心得ている。」（シャルル・デュ・ボス）「カトリック作家は勝利者ではなく、危地に身をさらす戦士である。……罪を犯さぬようにせねばならぬし、虚偽を語ってはならぬ。欲望に負けぬようにせねばならぬし、人生を伴(いつわ)ることは、これまた慎まねばならぬ」（フランソワ・モリヤック）このような言葉は、日本では、一体何と理解されるでしょうか？

現世の人間の様々な現実処理法が行われる時に現われ出る狂信や不寛容のために、苦悩する人間が多くなればなるほど、内面から人間を改造して、外面的な人間の処理の欠陥を補おう、それに伴う悲劇を緩和し回避しようとする人間も生れるわけで、カトリシスムの框を思考に与えられたフランス人のなかからカトリック作家が多量に出、カトリック教への復帰が同じく多量に見られるのも当然と思います。先頃物故したアンリ・ベルグソンもコミュニストになったと言われたロマン・ロランも、カトリシスムへ帰依して死んだと伝えられています。この帰依の解釈は自由です。僕は、この帰依が単なる弱気や迷いとかいうものではないだろうと考えたいのであります。それだけの必然性が、ベルグソンやロランを乗せたフランス文化の軸にはあるのではないかと思います。

ポール・ヴァレリーがヨーロッパ人の形成を論じた時、キリスト教の役割について大体次のように申しておりました。

　キリスト教は、自己吟味をヨーロッパ人に要求する。インド人がすでに何世紀以来、彼らの裡(うち)で実行してきたこと、またアレクサンドリヤの神秘家たちも、その心中で求め、また感じ、深めてきた内的生活を、キリスト教は西ヨーロッパの人々に知らせることになったと言えよう。キリスト教は、最も微妙で最も重要な、また最も豊かである諸問題を精神に提供する。……理性と信仰との区別、両者の間に現われる対立、信仰と行為と行迹(ぎょうせき)との間の対立に関するものもあろう。自由、束縛、聖寵に関するものもあろう。教権と俗権、それら相互の衝突、人間の平等、女子の地位などに関するもの、他にもなおいろいろの問題があることであろう。キリスト教は、幾世紀もの間引続いて、無数の精神を教化し、刺激し、動かし、逆わせたのである、と。キリスト教という語をカトリシスムとし、西ヨーロッパ人という言葉をフランス人としても、この論旨は成立します。したがって、フランス文学も、それだけの条件を付けて考えてもよいだろうと思うのであります。僕はフランス文学の一時期の研究に当っている修行中のものでありますが、日本人として、常に越えられぬ壁があるような気がしてなりません。そして、この壁は、仮に僕がカトリック教徒となったとしても、まだ残るかもしれぬほど高く厚いように思えてならぬのです。

現代は、あらゆるものが凄絶な試煉にかけられています。「これから人類が生き残るとするならば、それは人類がすでに地上に生れてきているからという理由からではなしに、「生き残ろうとする意志が人類にある場合の話」であるという戦後綴られたジャン・ポール・サルトルの文章の一節が示すように、現代の人間は、誠実に考えれば考えるほど、のっぴきならぬ、しかも実に重大な時期に逢着しているように思われます。この時カトリシスムといえども、この新たな試煉をまぬかれないのは当然であります。これはぜひ、日本の信者の方々にも判っていただかねばならぬことです。

これからの世のなかは、コミュニスムとカトリシスムとの対決だとしばしば言われますが、僕はむしろ、コミュニスムとカピタリスムとカトリシスムとの三角関係を考えたいのです。そして、この三つのものが、人類の幸福のために各々生じたものであるという本義を忘れ去ったら、大いなる不幸がわれわれを待ちかまえていると申さねばならなくなります。カトリシズムだけについて言えば、カトリシズムの皮を一枚めくると、カピタリスムの持つ種々な欠陥がかくされているというようなことになっていて、カトリシスムとカピタリスムとの醜悪な野合があるようでしたら困ったことになるだろうと思います。おそらく、キリストは、このような野合を決して是認しなかったろうと思うのです。

戦争前に、ローマ教皇は、「我々は時々人類という種族であるということを思い出さねばならぬ」と言われたことがあります。僕は、この言葉に感動して、あるカトリックの若いフランス人に向い、教会がこれほど人類のことを考えるならば、もっと現実政治の上でもいろいろな運動を起して、悲惨な戦争を防止する手段を講じてもらいたいと申しました。するとそのフランス人は、教会は、専ら内界の問題に携わるから、外界のことには何もすることもできないだろうと答えました。僕は、その時非常に不満であり、そんなことでは、人類の救済は教会の手では所詮なし得ないと考えました。しかし、僕が過大なあるいは見当違いな要求を教会にしていたのだということがだんだん判り始めました。教会のこのような態度こそ、かえって人間の内的改造という大事業を引受けるための、重大な決意の現われかもしれぬとも思うようになりました。したがって、カトリック信者の方々には先にのべましたサルトルの言葉に窺われるような暗い危機をはらんだ現代において、必然的に重い責務があるわけであり、この責務を各々が果さぬ限り、カトリシスムの発展は望まれず、相対立する現世的勢力のために、一切はなぎ倒されるでしょう。そして、ルネサンス期に遭遇した危険と同じような危機が現在のカトリシスムをも見舞っているように思います。ルネサンス期にカトリシスムの犯した失敗は、現世権力に恋々とし、地上権力者と結託し、キリスト教の本義を忘れかけた場合があったことだと思います。それと同価値のことが、現代のカトリシスムに見られるならば、新しい、恐ろしい「宗教改革」と「宗教戦争」とが必然的に起るに違いありません。

今次戦争が勃発する直前一九三六年十二月、ローマ教皇ピオ十一世は、フランスのヴェルディエ大司教に親書を送りましたが、そのなかに大よそ次のような言葉がありました。

……何よりも先に、我々は、今や世界を顚覆せしめようとしている悲劇の傍観者としてよりも、この悲劇の役者となることを誇りとせねばならない。良い意志の人間は、自ら果さねばならぬ一つの使命を持っているのだと自分は考える。その使命とは、お互いにより良い人間になることであり、その活動の限界内において、銘々が為しがたきことをなし、人類の運命をよりよいものにしなければならないということである。もしも、この世界、この時代の人間が、こういう使命が自らに与えられているということを理解し、世界の運命をよりよくするために力を添えるならば、正にその人の栄誉となるであろう。私はこれからいかなる変動が起るものか予言はできないが、現在の世代の人々は、これからの変動を経た後に、現代の要求によりよく合致し、よりよき、またより美しいものに生れ変ることであろう。いかなる人間であろうとも、もはや凡庸であることは許されない、と。

ローマ教皇のこの書簡で暗示されてある世界の変動こそ、今度の戦乱でありました。

この戦乱を経て生き残ったカトリック信者は、正に文字通り凡庸であることは許されぬはずであります。我々未信者でも、この教皇の言葉にうたれる以上、信者の方々は、これによって、今までのような安易な気持ではおられぬものと思います。先に申しました三角関係の一方の原動力として、内界の問題を究明し、人間の内的な改造によって断末魔の苦しみにある人類を救済する努力がなされねばなりません。本来人類の不幸や悲惨を目的とするはずのないカピタリスムとコミュニスムとが、現在は実に明らかに対立しています。いずれも外面からの人間処理でしょう。この時、内面からの救済は、キリスト教、特にカトリシスムによってなさねばならず、これが、おそらくカトリシスムの最後の試煉となるかもしれません。

　僕は、フランス文学語学を研究する一介の書生でありまして、カトリシスムについてもコミュニスムについてもカピタリスムについても、実に浅薄な理解しかありません。その上に、初めに申した通り、人間の倨傲による孤独と、人間のはかなさに基づく虚無とにもみぬかれている一個の迷える仔羊にすぎません。今まで申上げたことには、改めて解説を要し訂正補加を施さねばならぬところがあるはずですし、信者である皆様には、全く不要な言葉も多々あったわけでしょう。ただ門外漢として、日頃ぼんやり考えていたことを、少しまとめて御参考までに申しのべたにすぎません。そして、「凡庸であることは許されない」というローマ教皇の言葉は、僕が考えている以上に重大なのではないかと思いますから、皆様のお考えをうかがわせていただきたいものと念願しています。(1947)

狂気について

たしかブレーズ・パスカルだったと思いますが、大体次のようなことを申しました。

——病患は、キリスト教徒の自然の状態である、と。

つまり、いつでも自分のどこかが工合が悪い、どこかが痛むこと、言いかえれば、中途半端で割り切れない存在である人間が、己の有限性を沁々と感じ、「原罪」の意識に悩んで、常に心に痛みを感じているのが、キリスト教徒の自然の姿だと申すわけなのでしょう。まあ、そういう風に解釈させてもらいます。

これは何もキリスト教徒に限らず、人間として自覚を持った人間、即ち、人間はとかく「天使になろうとして豚になる」存在であり、しかも、さぼてんでもなく亀の子でもない存在であり、更にまた、うっかりしていると、ライオンや蛇や狸や狐に似た行動をする存在であることを自覚した人間の、愕然とした、沈痛な述懐にもなるかもしれません。

恐らく「狂気」とは、今述べたような自覚を持たない人間、或はこの自覚を忘れた人間の精神状態のことかもしれません。敢えてロンブローゾを待つまでもなく、ノーマルな人間とアブノーマルな人間との差別はむずかしいものです。気違いと気違いでない人間との境ははっきり判らぬもののらしいのです。先ず、その間のことを忘れてはならず、心得ていたほうがよいかもしれないのです。我々には、皆、少々気違いめいたところがあり、うっかりしていると本物になるのだと、自分に言い聞かせていないと、えらい「狂気」にとりつかれます。また、そういうことを知らないでいると、いつのまにか「狂気」の愛人になっているものです。

天才と狂人との差は紙一重だと、ロンブローゾは申しているわけですが、天才とは、「狂気」が持続しない狂人かもしれませんし、狂人とは「狂気」が持続している天才かもしれませぬ。

しかし、人間というものは、「狂気」なしには居られぬものでもあるらしいのです。我々の心のなか、体のなかにある様々な傾向のものが、常にうようよ動いていて、我々が何か行動を起す場合には、そのうようよ動いているものが、あたかも磁気にかかった鉄粉のように一定の方向を向きます。そして、その方向へ進むのに一番適した傾向を持ったものが、むくむくと頭をもたげて、まとまった大きな力のものになるのです。そのまま進み続けますと、段々と人間は興奮してゆき、遂には、精神も肉体もある歪み方を示すようになります。その時「狂気」が現れてくるのです。幸いにも、普通の人間のエネルギーには限度はありますし、様々な制約もありますから、「狂気」もそう永続はしません。興奮から平静に戻り、まとまって、むくむく頭をもたげていたものが力を失い、「狂気」が弱まるにつれて、まとまっていたものは、ばらばらになり、またもとのような、うようよした様々な傾向を持つものの集合体に戻るのです。

そして、人間は、このうようよした様々なものが静かにしている状態を、平和とか安静とか正気とか呼んで、一応好ましいものとしていますのに、この好ましいものが少し長く続きますと、これにあきて憂欝になったり倦怠を催したりします。そして、再び次の「狂気」を求めるようになるものらしいのです。この勝手な営みが、恐らく人間の生活の実態かもしれません。

酒を飲んで酔った人々の狂態を考えてごらんなさい。エネルギーは、その人の極限にまで拡大され、様々な制約は、まひ感によって消されます。ですから、あのような「狂気」の饗宴は開かれるのです。酔漢の狂態を鎮めるのには、彼を昏睡させるか、或は狂態の結果として生じた無理は簡単には通らぬということを何かの力で示すかするより外にしかたがないことがしばしばあります。しかも、正気に戻った酔漢は、その後少しばかり正気の期間が続きますと、何となく倦怠感を覚え、「狂気」への郷愁に駆られて、またしても酒を求めるようなことをいたします。

我々が正気だとうぬぼれている生活でも、よく考えてみれば、大小の「狂気」の起伏の連続であり、「狂気」なくしては、生活は展開しないこともあるということは、奇妙なことです。

要は、我々は、「天使になろうとして豚になりかねない」存在であることを悟り、「狂気」なくしては生活できぬ存在であることを悟るべきかもしれません。このことは、天使にあこがれる必要はないとか、「狂気」を唯一の倫理にせよとかいう結論に達すべきものでは決してありますまい。むしろ逆で、豚になるかもしれないから、豚にならぬように気をつけて、なれないことは判っていても天使にあこがれ、誰しもが持っている「狂気」を常に監視して生きねばならぬ、という結論は出てきてもよいと思います。

十六世紀のエラスムスという大学者は、『愚痴神礼讃』という諷刺書を綴りました。これは、「狂気」をほんとうに讃美したものでなく、「狂気」にとりつかれてそれを自覚せず、自他の「狂気」のおかげで甘い汁を吸っている様々な人間が、「狂気」の女神を礼讃せざるを得ないという趣旨で書かれた皮肉な人間諷刺書です。

エラスムスの書物は、十五世紀末から十六世紀前半にかけてのヨーロッパ社会への諷刺ですが、現代社会にも我々一人一人にもあてはまるところがあります。十五・六世紀の昔から、今日にいたるまで、洋の東西を問わず、「狂気」の帝国は健在であるからでしょう。健全で正気な生活を送っているつもりの我々が、感動とか感激とか呼んでいるもののなかには、常に「狂気」の翳（かげ）がさしていることが多いのですし、我々は「狂気」に捕えられてもそれを知らず、且（か）つまたそれから甘い汁を吸って、人生を謳歌することは、古今東西を通じて見られることかもしれませぬ。

「狂気」なしでは偉大な事業はなしとげられない、と申す人々も居られます。私は、そうは思いません。「狂気」によってなされた事業は、必ず荒廃と犠牲とを伴います。真に偉大な事業は、「狂気」に捕えられやすい人間であることを人一倍自覚した人間的な人間によって、誠実に執拗に地道になされるものです。やかましく言われるヒューマニズムというものの心核には、こうした自覚がある筈だと申したいのであります。容易に陥りやすい「狂気」を避けねばなりませんし、他人を「狂気」に導くようなことも避けねばなりませぬ。平和は苦しく戦乱は楽であることを心得て、苦しい平和を選ぶべきでしょう。冷静と反省とが、行動の準則とならねばならぬわけです。そして、冷静と反省とは、非行動と同一ではありませぬ。最も人間的な行動の動因となるべきものです。但し、錯誤せぬとは限りません。しかし、常に「病患」を己の自然の姿と考えて、進むべきでしょう。(juin 1948)

不幸について

植物にも動物にも、「不幸感」というものはないように思われます。アカラスにかかったみじめな犬を「不幸」だと思うのも、散々に踏みつけられたダリヤを眺めて無惨と思うのも、我々人間であり、犬は生理的な苦痛や不快を感じても、不幸とは感じないでしょうし、ダリヤにいたっては、なおさらのように思います。もっともこれは、我々の勝手な推定で、真実はどうか判らぬといえばそれまでの話ですが、生物のなかで、人間だけが己の死の必然を知る唯一のものということが考えられるならば、恐らく不幸を感ずる唯一の生物はやはり人間であろうと思うのです。「死んだらもはや生きていないわけだから、我々は決して死というものには出会わない」というような詭弁的なことも言われますが、我々は客観的に我々の肉体を考え、様々な経験によって、我々の死の到来の必然を想像できます。つまり、生きていながら、即ち生命体の恒常ないとなみが続けられていながらも、それを客観視して、このいとなみの終焉乃至(ないし)中絶を考え、死の概念を捕えるのかもしれません。死は別としても、我々が、不幸だと感ずるのは、我々の生命体の恒常ないとなみが阻害され、一時中絶された場合に、それを客観視した時に抱く感情でしょう。つまり、身も世もなく悲しく泣き叫びながらも、心に多少の余裕が生じた時、自己を客観視できた時、不幸だという感慨が胸に宿るのではないかと思います。

従って、このようにして、不幸は、人間が自分の情態を客観視して抱く感情だとするならば、その人の性格や教養や知識などによって、自分がその時陥った情態を色々に分析したり様々な角度から眺めたりする余裕もあるわけでしょうから、最初、ひどい不幸だと思ったことも、考えようによっては、それほどでもなくなることがあります。或る感情に捕われた時に、ふとしたことから考えなおして、別な気持になることがあるのに気がつけば、その間のことは判ると思いますし、昔から「不幸によって人間は鍛えられる」とか、「不幸中の幸」とかいう言い方があるのでも判るように思います。

我々は、自分のことに関しても、自分の不幸感を、意識的に緩和できるだけの智慧を持っているのですから、他人の場合になりますと、全く勝手なもので、他人が打ちのめされている不幸感と全く同じ不幸感に捕えられることは稀ではないかと思います。心から「気の毒だ」と思うのが関の山ではなかろうかと思いますし、それが人間の常であるとも申せましょう。ある場合には不幸感に打ちのめされている他人に対して、我々は滑稽を感ずることすらもないわけではありますまい。極端な例ですが、一人の愚直な人間が一円札をすりに盗まれたために天地が逆になったように悲観し、「不幸」に打ちのめされている姿を眺めた場合、金持ではない我々にしても、一枚の一円札と悲観の程度とがあまり喰い違うように思い、滑稽を感じてしまいます。これは極端な例ですが、このようなことは決して人生に少くないように思います。不幸になる人間と、これを眺めて滑稽と思う人間との間には、様々な関係が考えられますが、他人の不幸を滑稽と思う人間が必ずしも冷血漢ではないのと同じく、他人の不幸に同情する人間が必ず相手と同じ不幸感を抱くほどの状態に陥っているとも言えないのです。悟達の人から見れば、俗人の不幸は不幸ではないでしょうし、むしろ滑稽に見えることもあるでしょう。俗人から見れば悟達の人には不幸感がないように思われるかもしれません。

我々は生きていますから、いずれ死ぬわけであります。そして生きている間に、自分の死を考えますと、何とも言えぬもどかしさ、何とも言えぬ寂しさ、絶望を感じますが、これも一種の不幸感でしょう。しかし、幸いにして、我々は、必ず死ぬ身でありながら、己の死を徹底的に考えつめられないのですから、この不幸感もそう甚しく我々には迫ってこないのが普通です。もし、それがまじまじした感情として二十四時間の間我々を攻め立てましたら、我々は狂人になるに違いありません。人間は生れた時に死ぬことを宣告されているという事実は、限りなく不幸な気持を人間に与えるのですが、大体生きる営みにとりまぎれて、この死刑宣告は忘れ去られているのが常であります。生きるということが、必ず死ぬということの前提であると言ってもよいように、生きるということは、生命のスムースな進行に阻害が加えられるということの前提にもなります。つまり、生きるということは、無数の障碍を予想せしめるからです。生きるということは、死を最後のものとする無数の「不幸」を許容することに外ならぬのです。親、兄弟、妻子、友人たちと別れること、病苦に悩むこと、天災地変戦乱その他のために家財を失うことなど、生きるという事実のなかには、既に無数の不幸の種はあるわけであります。そして、人間のなかには、大悟達の人もいて、このような不幸に会っても、平然としている人もいます。しかし、いかなる大悟の人でも、生れながらそうなったのではなく、精進した結果、人生とは無限の不幸の可能性の集積だということを悟り、物を考える軸を移動させる修行を積んだからそうなったのであろうと思っています。

不幸というものは、いやなものに違いありませんから、我々は、これを避けようとしますが、絶対に避けられない不幸、無知なために避けられない不幸、わけなく避けられる不幸があるものであります。人間社会の文明は、絶対に避けられない不幸の数を少しでも減らそうとしていますし、不幸を避けるためには必要な知識を少しでも多く弘めようとしているのです。目下のところ、老衰や死はどうにもならぬようです。不老不死ということは、昔から人間が願い求めてきた問題ですし、何度か延命術も発見されたと言われたものですのに、これはどうにもならぬようです。しかし、昔だったら不可避と思われた病気も、科学の進歩のために、よほど回避しやすくなりましたし、その点では非文明国との間では、ずいぶん差があるわけであります。恐らく、不幸を生ぜしめると思われるような原因の究明とその除去とに努力する程度によって、国々の文明の度合は計れるのではないかと思います。ですから、蚊や蠅が疫病の源となることが科学的に証明されているにも拘らず、これらの虫類の発生防止に十分な処置を講じないでいるような国民は、決して文明的とは申せないと思います。しかし、また虫の害を除くための薬品を使いすぎて、生物界の調和を破壊して、思わぬ害悪を招き寄せることに気づかないでいるのも、決して文明的とは申せませんし、様々な薬品はもとより、所謂科学的開発の進歩に浮かれすぎて、とりかえしのつかない公害の源を作っていることに気づかぬことも、決して文明的とは申せますまい。

　蚊や蠅や薬品や科学開発ばかりの問題ではなく、社会の動きとか、世界の情勢とかいうものにも注意を払わず、ある事件が起っても、それがどういう意味を持つかをも判ろうとしないでいる人々は、案外多いのでありまして、極めて高度な自然科学的常識を持った国民が極めて低い人文科学的な知識しか持たぬために、とんでもない方向に進んでゆく場合もないとは申せません。つまり、一言で言えば、人類は、まだまだ生命ということが無限の不幸の可能性を秘めていることをよく判っていないらしいのであります。そして、全部の人間が、このことを判るということは、永久にないだろうと思うのです。ですから、人類は、永久に不幸の歴史を持つでしょうが、個々の人間の死は個々の不幸の思い出を消し去ると同じように、人類全体の破滅は、人類の不幸な歴史をも一挙に消し去ってしまうことでしょう。これが、時折僕の抱くヴィジョンであります。

我々は生きています。そして、刻々と死へ近づいてゆきます。先ず、この不幸を凡人は凡人ながら忘れぬようにしたいと思います。その次には、あらゆる不幸が後から後からと我々をねらっているものであることをも覚悟し、不可避なものは別として、回避できる不幸は回避したいと考えたいものです。これは判り切ったことでありますが、我々が生きるということは、こうした不幸回避のいとなみ以外にないのかもしれません。我々は一歩毎に不幸になりやすい生物だということ、これが常に我々の標語として掲げられなければなりますまい。生れたこと、それ自体が、不幸の始まりとも申せましょう。我々が幸福と思うのは、不幸が回避されている間のはかない感情に外なりません。しかし、それだけに、幸福はいよいよ貴重なものになるのかもしれません。

パスカルの言葉に、こういうのがあります。

――人間のあらゆる不幸は、たった一つのことから生れる。それは、一つの部屋のなかでじっとしては居られないということだ。

この言葉は、色々な意味に取られましょうけれど、「一つの部屋にじっとして居られぬ」人間という表現は象徴的ではないかと思います。つまり生れるということは、もはや、「一つの部屋でじっとして居られぬ」ことを意味するのでしょう。昔から宗教にはいり、全くの隠者の生活を送った人々も沢山居りましたが、「一つの部屋にじっとして居る」ことを求めたのに外なりますまい。恐らく、洋の東西を問わず、現世を否定肯定することとは関係なしに、人生とは無限の不幸を秘めたものであることを感じない哲人はなかったろうと思うのであります。

不幸を避ける術は、回避できない不幸以外に対しては勿論有効でしょうが、その術の発見は、前にも申した通り、なかなか我々のものとはなりません。そして、これも前に申した通り、あらゆる人間が、回避できる不幸を回避するような心構えになることすらほとんどむつかしいのですから、人間は所詮、不幸とは縁を切れぬわけです。

例えば、社会が緻密に組織されて、市民の一人一人が何らかの形で登録されてしまっているような現在の世のなかでは、一人一人の市民が大きな勢力や制度のために金しばりになっているのが常ですが、一人一人が自分を金しばりにしたものの正体への反省を行うことは、あたかも生きている人間が己の死を反省するのと同様に、必要なことと思います。どうにもならぬという感銘も受けましょうが、制度とか権力とかいうものは、人間の死のように不可変なものではないのですし、その制度や権力の持続中に生ずる様々な不幸な事件は、各人の反省によって、或る程度まで是正できるものと思います。その上本来、制度というようなものは、人間が人間のために作ったものですから、その制度が多くの弊害を産むと判ったら、何とかせねばならぬ筈であります。しかし、それもなかなかできないのが現状です。況んや、二つの異った制度の下に組織され教育された人間の群というだけの理由で、同じ人間が争闘し合うというようなことは、本来避けられ得る筈なのでありますが、なかなか避けるのが困難かもしれません。こうした情ない不幸は、人間世界が無限の不幸の可能性を含んでいるのにも拘らず、回避できる不幸の回避を求める術をすら求めようとしないためだと思わざるを得ません。人間は不幸になるのをむしろ希望しているのかもしれません。ヴィリエ・ド・リラダンは、皮肉にこう申しました。「人類はその利害を超越している」と。

全く不幸というものは、後から後からと我々を見舞ってくるものです。そして、いくらこれを回避しようと努力してもだめなことが多いようです。ですから、不幸に襲われても、平然とし、それのみか、不幸感を緩和できるような自在な精神を持つことも必要かもしれません。一円札を盗まれて不幸になる人を笑う人も、十万円盗まれると不幸にならぬとは限りません。十万円盗まれても笑っている人はなかなかないでしょう。その間には、人生において真に価値あるものに対する信頼とか、人間に対する深い愛情とか、思想に対する確固たる信念とかいうものが、人間修行の題目のなかへ加えられなければならなくなるかもしれません。

人生は不幸に充ちています。人生とは不幸の条件であり不幸を条件としていると言ってもよいくらいです。しかし、それをよく心得た上で、回避できる不幸は回避し、来る不幸は微笑を以って迎えねばならぬのでしょう。幸福とは、こうしたいとなみの間に時々現れる貴重な幻想かもしれません。

昔から大悟達識の人の生涯を見る時、人生を虚妄と感じて、一切の苦患を無視するやり方と、彼岸の理想郷を考えて、一切の苦患を試煉として受諾するやり方と、二つがあるように思いますが、どちらに精神の逞しさがあるものか、現在の僕には判りません。またこの二つのやり方が楯の両面のようなものなのか、それとも全く相容れぬものなのかも、判りません。しかし、どんな人間でも、年をとり、人間の坂をあえぎながらのぼり始めるようになると、心が謙虚である場合は、このいずれかにつくのではないかというような気がしています。人間は自己を客観視できる力を与えられたということは、限りない特権であるとともに限りない不幸でもあります。だから智慧の果を食べて己の裸形に羞恥を感じたアダムとイヴの寓話は実にうまくできているわけです。つまり、不幸の始まりは、キリスト教の教える原罪意識や仏教の業の意識から発すると言ってもよいのです。しかしまた、こうした「不幸感」こそ、人間性の最も貴重な部分に置かれるものかもしれません。なぜならば、こうした「不幸感」によってこそ、人間は自らの脆弱さを自覚するからです。(1949)

文法学者も戦争を呪詛し得ることについて

高山樗牛に、「吾人は須(すべか)らく現代を超越せざるべからず」という有名な言葉があります。敢えて、樗牛の心理は問いますまい。しかし、この言葉が現在様々な人によって、色々な感激やら、自信の口実にされていることを時折見聞いたします。インフレや闇に乗じてようやく人間なみの生活ができるようになった人々が、いつのまにか覚えた金もうけの商売を正しい生活法と観じ、それがいかなるものの手先となる道であるかをも弁(わきま)えずに、今こそ平和来とうかれ切り、ウキウキ・ヴギヴギとダンスをするのが現代ならば、我々は、単に貧乏没落人種の泣言としてではなく、もっと理性的な立場から、「現代を超越せねばならぬ」のであります。与えられた平和に溺れ切り、ただ面白おかしくばかり暮らすのを第一義とし、眼には見えぬ危機が静かに迫ってくることなどは問題にせぬことによって現代を超越しているつもりであっても、こうした生き方は、「現代を超越する」道では決してないように思います。

また、星と菫（すみれ）とに現（うつつ）を抜かし、高尚すぎる哲理に耽り通すばかりで、跛行（はこう）をつづけながら醜い裸形をさらしている祖国とは格段の違いのある外国文化に夢の糧を求めてばかりいるのが、「現代を超越する」ことならば、我々は「超越してはならぬ」のであります。明治初年に日本へきて、様々な風俗漫画を残したフランス画家ビゴーの作品は、現在もっと多くの日本人に見せられねばなりません。特に、知識階級の人々に見ていただかねばなりません。と申す意味は、下駄をはいてフロックを着、山高帽子を被り、猿のような顔をした姿に画かれた明治のハイカラ紳士の具象的な体容がおかしいとかいけないとかいうのでは決してありません。我々（闇屋的紳士淑女は別として）は、例えば、いくらほしくとも綺麗な靴を五足も六足も揃えて置けません上に、孔（あな）ぼこだらけで依然として塵棄て場を兼ねている街路は雨の日には水田同様になるのですから、外国人なみに服装を綺麗にはできないのです。服装の上の不様はいたし方ないかもしれません。その上我々の顔はどうにもなりません。せめて清潔にするのが関の山であります。ビゴーの描いた明治の日本紳士淑女は、もっと象徴的に解さるべきであります。

学問の一方の権威と言われ、精細な研究を世に残して居られる老学者や春秋に富む新進の青年学者が、選挙投票の折に、前者は、「愉快で痛快だから」という理由で、後者は、「新しい実行力のあるらしい人だから」という理由で、テキ屋の親分に投票したら困るのであります。ビゴーの漫画が現代にも生きるのは、こうした現象があるからであります。日本人にとって議会政治も所詮山高帽子でありました。(独裁政治も同様でしょう。)一九四五年の秋から文化国家になった日本帝国の学者が、重要な投票権を行使するに当って、このような態度を取るのが「漫画」になり得るからであります。私は文芸や学問に携わる人々が、常に政治問題を論じ、その作品や研究にもそれが常に取扱われねばならぬというのではありません。政治と直接関係のない問題は無数にあるのです。況んや、政治家にならねば時流に便乗できないと申しているのでもないのです。しかし、いくら幽玄な芸術・高尚な学理に耽っても、現代に生きる自分の論理を忘却してはならぬとは言いたいのです。そして、ある時には、幽玄な芸術や高尚な学理を一時離れても投票せねばならぬこともあるし、幽玄な芸術や高尚な学理の保持そのものが、投票の結果いかんによって可能にもなり不可能にもなることを強調したいのであります。無智や無関心の故に一人の危険的人物の登場を許したら、その人物の冒す一切の暴力を予め許すものと申さねばなりません。これは現代の社会機構では必須でありながら、また判り切ったことでありますが、なかなか判り切れないことであります。想像力が行き届かないのです。現代の危機において、この事実を判り切りこれに対応しようとする人々が一人でも多く出てこない限り、暗闇しか我々を待っていません。即ち、幽玄な文芸も高尚な学問もない時代の再到来がそれであります。

一九三六年にナチ・ドイツとファッショ・イタリヤとの後援の下に行われたフランコ将軍の叛乱、即ちスペイン戦争の際に、あの「生ぬるい」トーマス・マンですら、次のように申していました。これは度々、人々によって引用された句ですが、もう一度引用せねばなりません。

「政治が万人のものになった以上、デモクラシーは事実において我々各人のうちに実現されるわけである。いかなる人間も、これを回避することはできないし、政治が各人の上に及ぼす直接の圧力はあまりにも強烈である。今なおしばしば見られることだが、『私は政治などどうでもかまわぬ』と公言する人々は、かなり『旧式』に見えるというのはほんとうではあるまいか？　こうした立場は、単に利己的で非現実的と思われるばかりか、更にまたずいぶん愚劣な瞞著にも思われる。こういう態度は、精神の無智を証拠立てる以上に倫理的無関心をも証拠立てる。政治的社会的認識は、人間の営みの全体の一部分である。それは、人間の課題、人間の義務の一様相にすぎない。しかし何びとも、これを蔑ろにしたら、そうすることによって、必ず人類に対して罪を犯すことになるのであるが、ご当人のほうでは、この人類を本質的なものとして、正に政治に対立せしめようとするのだから滑稽である。ところで、一切のものが依拠している本質的なものは、正に政治社会組織である。なぜならば、人間の問題が、今日、生死に拘わるほどの重大さを以て提起されているのは、その政治的形態のもとにおいてであるからだ。その天性、その宿命から言って、人類の最も危険にさらされた任地に置かれている詩人、この詩人が、巧みに身をかわすことなどどうして許されようか？」

一九三六年に言われたこの平凡な言葉が、現在の日本人にどう聞えるでしょうか？

マンが「詩人」と言ったのは、文学者のことでありますが、単に文学者にとどまらず、広く学芸に携わる人々、一般知識階級の人々にも及ぶものである以上、もう一度、この平凡な言葉は考えられるべきでありましょう。それほど、現在の危機は明らかであり、恐らく、詩人にも学者にも或る種の投票が要求されているものと言えますから、恐らく、幽玄な文芸や高尚な学理に耽る時間を割かねばならなくなっているかもしれません。即ち、自らがいかなる方向をめざしているかを自省せねばならなくなっていると思います。そして、現在の危機の一つは、依然として「戦争」であり、それに伴う好戦人種の周到な準備であります。

「平和とは、生じ得る諸々の貪欲に対して、これを制圧し得る諸々の力の収める潜勢的な、黙々とした、連続した勝利の謂である」と、ポール・ヴァレリーは、冷やかに、しかし熱情をこめて申しました。この意味深い言葉の解説は不要でありましょう。我々としてなすべきことは、戦争準備乃至戦争遂行によって利益を得る立場の人々に反省を促すことが第一の行動と考えられますが、多くの根拠ある理由によって、それは正に壁に物を言い、馬の耳に念仏を唱えるようなものでしょうから、全く話になりません。しかし、戦争を愛する政治的見解を持った人々に対して、我々は相互間に存在する思想的政治的立場の差異を問題にせず一応結束して当らねばならぬと思います。そして、我々が誠実に考えて行くならば、戦争の生起する原因について、恐らく共通な理解が得られるかと思います。勿論、我々が結束したところで、十全な防止を行い得るかどうか判りません。単に戦争を愛する思想家や政治家が権力を握っているばかりか、「戦争はもうからぬものだ」ということを教えられた筈になっている日本国民のうちにも、再び「戦争でもうけよう」としている人々もいるし、無責任なスリルを相変らず戦争に求める人々も居り、しかも、その数は決して少くないのですから、なかなかうまくはゆきますまい。しかし、やることはやらないでいることよりも、はるかによいのですし、我々の行動は、こうした賭(パリ)の連続であるとも申せましょう。その上に、我々は第二次大戦から辛うじて生き残った連中であります。しかも、第二次大戦前のトーマス・マンの言葉を対岸の火事視して見送った近い前科を持っているのであります。スペイン戦争当時日本の知識階級の人々は何をしていたでしょうか？　今、再犯を重ねたら、もはや文芸学問に携わる資格を自ら棄てるに等しいとまで思います。それとも、学問や芸術は、所詮戦争を好まぬ人種が、戦争の起らぬ間にこっそり楽しむものにすぎないのでしょうか？

実を申せば、このような主張が、昔から唱えられてきたにも拘らず、第一次から第二次へと近代の戦争の経過を辿ってみますと、大量屠殺の証拠は歴然としていよいよ明確になってきているのですから、一切が無駄であろうかと目まいがするほどの絶望に捕らえられもします。それは、必ずしも私自身の屍を想像するからのみではありません。これまでの戦争とは異った性格を持った戦争、二つの制度と二つの世界観とに支配された二つの集団の死闘という形の新しい戦争、そしてその帰結は、恐らく勝利者も敗北者もないことになり、一種の「世なおし」が行われることになる戦争、しかも新兵器の用いられる戦争、――この戦争は大量屠殺の証拠を更に一つ増加することにすぎませんから、回避されねばならないのであります。もっと理性的な人間的な解決法が二つの制度と二つの人生観との間に行われねばならぬのです。戦争を解決法とした場合には、あまりに犠牲者は甚大すぎるからであります。人類生活に幾多の理想が実現されるために多くの犠牲が払われたことは誰しもの心得ていることですし、戦争の結果古い制度が破れ去ることも確かにあります。しかし、理想を実現し、新しい制度を到来せしめるために、必ず犠牲を払わねばならず、必ず戦争をせねばならぬという法はないように思います。この宿命的なFallacia post hoc, ergo propter hoc（前後関係即因果の虚偽）を、現在、「文明人」が抹殺しようとしない限り、いかなる美しい理想も実現される時には血潮のあとをとどめるでしょう。この虚偽の抹殺の具体的な行動として、戦争と暴力との否定が現代くらい真剣に考えられねばならぬ時期はないのですし、日本の知識階級の人々が、この時期にはっきりした自己処理をしようとしない限り、完全に失格することになると思います。血みどろな理想は、理想ではないことにせねばなりません。そして、いくら大戦争になろうとも、逞しい所謂強い人々だけが生き残ることは確実だとすれば、なお更、戦争は、回避されねばなりますまい。なぜなら生存競争弱肉強食の法則を是正し、人類の文化遺産の継承を行うのが、人間の根本倫理と考えるからです。

　いやしくもフランス語を学んだ人間で、少し専門にフランス語の諸問題に触れた人ならば、厖大でそして精到な『フランス語文典』の著者クリストフ・ニーロップの名を知らぬ人はないでしょう。ニーロップは、一八五八年に生れ、コペンハーゲン大学の教授として、一生フランス語の研究に専念した人ですが、一九〇六年四十八歳でほとんど失明しながらも、フランス語研究を続けた大学者であります。このニーロップが一九一七年に、第一次世界大戦の初期から新聞雑誌へ寄せた小品を『戦争と文明』と題して発表していますが、徹頭徹尾反戦論議でありまして、学問に携わる者の辿るべき道を十分に示しているのであります。序文（一九一六年）の最後に、大きな文字で、「(戦争に）抗議しない人間は共謀者である！」と記してありますが、このような劇しい言葉を書き得る我が国の大学者はいたでありましょうか？「戦争に抗議するなど愚劣な話だ」「天子様の御命令だ」「正義の戦だ」……と申した日本的大学者は居られたようですが、ニーロップの一九一六年の言葉の半かけらも言った大学者はいないようであります。言いたくとも言えなかったとも考えられます。しかし言わなかったことも事実であります。ですから依然として、一九三六年のトーマス・マンの言葉もくりかえさざるを得ぬのです。

ニーロップはその著書のなかで、ラブレー、ヴォルテール、ヴィクトール・ユゴー、ブランデス、エレン・ケイを引用しながら戦争呪詛を行っていますが、ドイツのモルトケ将軍の戦争讃美論を全面的に否定していることは先ず注目するに足ります。人類にとって戦争が救済になり向上の道になるという考え方は、常に戦争を好む人間、戦争から利得を得る人間によって唱えられてきましたし、今後も唱えられるでしょう。しかし、人類の救済や浄化や向上の道は、もっと別にあることを信じ、戦争は最も非人間的な解決法であると信じている者ならば、一九一五年頃に五十九歳の失明の学者の残した文章を、あたかもリレーのバトンを受取るような気持で受取らざるを得ぬのであります。

その上、もう一つ注意すべきは、ニーロップがモルトケ将軍の言葉に対立的に引用しているのは、日本では昔からエロ作家にされて売行甚大なモーパッサンの言葉でありまます。ニーロップは、出典を明示していませんが、モーパッサンの名紀行文『水の上』からの引用であります。日本訳の『水の上』では、恐らく、官憲の手によって、エロ作家の暴言として削除されている部分であろうと信じますから、以下に、その拙訳を掲げてみます。ニーロップは、特に説明していませんが、戦争讃美者が、平和は人間を卑しいマテリヤリスムに陥れるが、戦争は、それから解脱せしめるというような論を樹てているのに対して、モーパッサンが抗議している文章であります。

「このように、四十万の人間が集って群れをなし、昼となく夜となく休む間もなしに歩きまわり、何も考えず、何も学び取らず、何も覚えず、何も読まず、誰の役にも立たず、きたない物を食い、泥土のなかに寝、絶えず茫然として、野獣のような生活を営み、町を略奪し、村を焼き、人々を殺し、こうやって他の別な人間の肉の集団に出会うと、お互いに襲いかかり合って血潮の沼を作り、ぐじゃぐじゃにされた肉は真赤に染まった泥にまみれて原野を埋めつくし、屍は山とつまれ、腕や脚はどこかへすっ飛ばされ、誰の利益にもならぬのに脳味噌は圧しつぶされ、野末の隅でくたばってしまう。一ぽうでは、君たちの老いた両親、妻や子が飢えて死にかけている。こんなことをするのが、世にも醜悪なマテリヤリスムに陥らぬことだとおっしゃるのだ！

他国へ侵入した挙句のはてには、相手が仕事着を着て軍帽を被っていないという理由から、己が家を守る男を殺害したり、パンもない哀れな人々の棲居を焼き払い、別なところからはパンを盗み出し、穴蔵にある葡萄酒を飲みほし、町を通る女を犯し、何百万フランという財宝を灰燼に帰せしめ、立ち去った後には悲惨とコレラとしか残さぬこと。こんなことをするのが、世にも醜悪なマテリヤリスムに陥らぬことだとおっしゃるのだ！

我々は見た。戦争を見たのだ。野獣に還った人間どもが、逆上し切って、面白半分に、或は恐しさから、或はこれ見よがしに、或は空威張りをするために、人を殺すのを、我々は見た。権利がもはや存在せず、法律も死に絶え、一切の正義の理念が消失してしまっている結果、道を通った無辜の人々が単に恐わがったという理由で嫌疑をかけられて銃殺されるのを、我々は見た。ピストルのためし撃ちに、犬をその飼主の家の門口につないで射殺するのを、我々は見た。野原に横になっていた牝牛を、ただ弾を打ってみるだけのために、笑話の種にする以外に何の理由もないのに、面白半分に、蜂の巣のようにしてしまったのを、我々は見た。こんなことをするのが、世にも醜悪なマテリヤリスムに陥らぬことだとおっしゃるのだ！

戦争をする連中は世界の禍だ。我々は、自然や無智、あらゆる種類の障碍を相手に戦い、我々のみじめな生活を少しでもつらくないようにしようとする。多くの人々、救済事業をする人々、学者たちは、その生涯を費して、勤労し、その同胞を助け、救い、その責苦を軽くしてやろうとする。彼らは、その有益な仕事に夢中になって、発見を重ね、人間精神を大きく拡げ、学問の幅を増し、日に日に、人間の知性に、新たな知識の量を加え、日に日に、その祖国へ安息と悦楽と活力とを与えてゆく。ところが戦争が起る。六ヵ月間に、数人の将軍が、二十ヵ年に亙（わた）る努力と忍耐と天才との仕事を破壊してしまう。こんなことをするのが、世にも醜悪なマテリヤリスムに陥らぬことだとおっしゃるのだ！」

平和生活にも醜悪なマテリヤリスムはあり得ます。それは、人間が動物だからに外（ほか）なりません。しかし、醜悪なマテリヤリスムから脱却するのは、平和時における人間の努力によるべきであり、断じて戦争がそのために用いられる筋合いのものではありません。戦争の間に、勿論人間は、平和時に見られない自己抛棄や自己献身の美しい例を見せることがあります。しかし、これを以て戦争は讃美できません。「戦争は、美徳を現わしもするが、悪徳が匿（かく）れて居られないようにする」（フランソワ・ラブレー）

からです。コレラが流行した折に医者や看護婦が献身的な行動に出たからと言って、コレラを讃美する馬鹿は居りましょうか？　むしろ、戦争という最も醜悪なマテリヤリスムを初めとする多くの醜悪なマテリヤリスム克服のための人間の絶えざる苦しい努力が、平和の軸となる筈です。しかるに、戦争を求め戦争から利潤を引出そうとする人々は、時折、戦争反対論者をマテリヤリスト呼ばわりして、自ら醜悪なマテリヤリスムを守ろうとすることは、モルトケ対モーパッサンの時代から今まで続いています。

ニーロップの引用したモーパッサンの文句をもう一つ訳出しましょう。

「正にそうである！　政府がこのようにこの人民の生殺与奪権を握る以上、人民が政府に対して生殺与奪権を握っても少しも驚くことはない。人民が自らを護るのは当然である。何びとも他人を支配する絶対権を持っていない。絶対権を持ち得る場合は、指導される人々の幸福をはかるためにだけである。政治をとる人間は誰でも、船長が難破を避ける義務があるように、戦争を避ける義務がある。」

更にモーパッサンは次のように記していますが、この十九世紀のエロ作家は、二十世紀の日本の政治家や社長族や知識階級の人々よりも、戦争ぎらいのようです。つい先頃の戦争の間でしたら、「だからフランス文学はいかん」し、「だから西洋人はだらしがない」し、「だからフランスは負けたんだ」と言われたかもしれません。いや事実、そういうことが堂々と一流の新聞一流の雑誌へ一流の学者文士によって記されていたのですから、もう一度、モーパッサンの文句を翻訳せざるを得ません。勿論文法学の泰斗クリストフ・ニーロップも感動を以って引用している文章の一つであります。

「現代、我々の文明がこれまで進み、人間精神の達したと信ぜられる科学の範囲や哲学の段階が、かほどまでになったと言われる今日、我々は、人を殺す術、非常に遠くから、完璧に、しかも同時に多くの人々を殺す術、多くの家族を持ち、別に前科も何もない無辜の哀れな人々を殺す術を、教える学校をいくつも持っている。

しかも、最もあきれることは、人民が政府に反対して起たぬことである。王政と共和制との間に何の違いがあるのか？　最もあきれて物も言えぬことは、社会全体が、戦争という一語に対して反抗しないことだ。

ああ、我々は、古い忌わしい習慣の重荷の下で、我々の野蛮な祖先の罪障深い偏見や狂暴な観念に打ちひしがれて永久に暮らすことになるのだろう。なぜならば、我々は野獣だからであり、我々は、本能に支配され、何によっても変えられない野獣のままでいるに違いないからである。」

モーパッサンの最後の叫び声は、実に暗澹としていますし、人間即野獣説やら、戦争不可避説やらの根柢に濫用される危険があるほどの絶望を持っていますが、この絶望の真意は、十九世紀から我々にさしのべられたバトンの一つであろうと思います。我々は、このバトンを戦争回避のためにのみしか用いられない筈です。モーパッサンのペシミスムも狂気も、そしてあのエロチスムも、深刻に懊悩（おうのう）した一個の人間の記録でしょう。

フランス文法の権威クリストフ・ニーロップは、長々とモーパッサンを引用して戦争を呪詛しています。ニーロップがモーパッサンを読んで感動している姿を、日本流に解釈すると、例えば山田孝雄先生が『リベラル』を読んで感動して居られることと同じことになるかもしれないのです。なぜならば、山田先生は国学の大家ですし、『リベラル』はエロ雑誌だからです。しかし、デンマークの大学者ニーロップは、『戦争と文明』という著書によって、明確に戦争否定を主張して、十六世紀以来の少数の人々の意見を継承していますし、フランスのモーパッサンは、日本で発禁物になるのが常であったにも拘らず、同じく少数の人々の意見を継承し、ニーロップに感動を与えているのであります。これは、山田先生とも『リベラル』ともやや異るかもしれないところであります。我々は、ニーロップとモーパッサンとの握手に更に手を重ねねばなりますまい。それ以外に、学芸に携わる者の倫理はないのであります。そして、いずれ戦争の原因が明らかになるといたしましても、戦後にいたって判るのではおそすぎます。戦前に原因をつきとめねばなりません。そして、このためには、戦争は人間をもうけさせないということが判っているあらゆる傾向の人々が、前にも申しました通り一応結束せねばならず、共通の認知も急いで行われねばなりません。先に引用した生ぬるいマンの言葉にも、それは暗示してある筈です。これは目下の緊急な問題であります。

『方舟』（註＝本文が掲載された同人雑誌名）は大洪水をかろうじてのがれた人々を乗

せている筈ですが、これからの大洪水から自分たちだけが助かるために作られたものではないと思います。『方舟』の同人諸氏はもとより、それの賛同者及び反対者のなかにも、日本のニーロップ日本のモーパッサンは居られる筈です。当面の重要問題においては、握手せねばなりません。これ以外に緊急なことはないのです。尻に火がついている時、一切の高尚な文芸談も学術研究も一時は中止しても、ともに火を消さねばなりません。そして、ともに放火者が何者であるかを見きわめねばならぬのです。これが見きわめられた時、真の和解があるでしょう。しかも、この時、なおも対立があったら、どちらかが、放火犯人の共謀者となるわけです。ニーロップは記しています。「抗議しない人間は、共謀者だ！」と。これはデンマークの文法学者が一九一六年に記した言葉であります。恐らく放火者は、人間をして、人間の作ったものの機械たらしめることを当然としている「人間」のことであり、その「人間」は、我々全部の裡(うち)に不可避な触手を伸ばしています。(1948)

人間が機械になることは避けられないものであろうか？

デンマークの言語学者であり、特にフランス語研究では、世界有数の碩学クリストフ・ニーロップの著に『戦争と文明』と題する随筆集がある。この著は一九一七年に仏訳されているから、一九一六年ぐらいにデンマーク語で上梓されたものと考えられる。ニーロップ自身の序文末には、一九一六年十一月という日附がある。第一次大戦渦中の所産である、この随筆集には、フランス文化に対するニーロップの愛情が濃厚に見られるが、ロマン・ロランのような超絶的な優れた「異端」ぶりは見られず、ある場合には当時のかなりショーヴィニスト的なフランス愛国主義のお先棒をかついでいるのではないかと思われるようなところも全然なくはないが、それでも、文明を破壊し、「正義人道」の名によって人間同士がお互いに殺戮し合う戦争の愚劣さに対する抗議の声は、明らかにこの書物のなかから聞きとられる。私は、この随筆集がいずれ和訳されて多くの人々に読まれてほしいと思うし、特に、深遠な語学研究に携わっている方々に読まれてほしいと思う。

我々は専門研究めいたものを持っていると、その専門に縛られてくるものである。体力や時間の有限な我々のことであるから、うっかりすると専門研究の奴隷となり、機械となってしまうようになる。所謂専門以外のこと——実際はあらゆる人間的事象には脈絡がある筈なのであるが、——専門以外のことは、「自分には判らない」「自分の知ったことではない」「自分には興味がない」と考えやすくなるものである。申すまでもなく、ある専門研究に携わってそれに熱中すればするほど、専門外の知識を吸収する機会を常に与えられ続けるものではない。しかし、自分の専門研究が人間社会人間文化において占め得る位置について常に反省し、専門外のことにも耳を傾けてこそ、その人は専門の奴隷にならずにすむし、機械にならないですむのではないかと思っている。これは、自然科学者についても文化科学者についても言えることであり、クリストフ・ニーロップのごとき言語学の世界的碩学の「反戦論」文集は、ニーロップの専門外の駄言ではなくて、ニーロップの大著『フランス文典』をしっかりと支える倫理的脊椎であることを、多くの人々に判ってもらいたいのである。なぜならば、第一次世界大戦という狂乱時代に、この狂乱をあくまでも白眼視し、蔑視し、呪詛し得た人々は、決して多くはない。ニーロップは、その少数のなかに数えられてしかるべき人であるからである。

いかなる人間も、イドーラから逃れられまい。しかし、人間が抱いてしかるべきイドーラは、暴力に対する嫌悪と、人間の機械化に対する嫌悪と、人間に対する愛とを与えてくれるイドーラであるかもしれない。「やむを得ぬ戦争」という概念に捕われるよりも、「戦争は罪悪」というイドーラに捕われるほうが、はるかに人間的である。ニーロップもそうであった。そして、そのイドーラは、第二次大戦後に生き残った我々によってでも受けつがれねばならない。

今ここで、ニーロップの随筆集の内容を詳しく紹介する暇はないが、ニーロップが憤激を以て記述しているドイツ学界文芸界の九十三人の署名のある「文明世界に訴う」というマニフェストについて少し触れてみることにする。ニーロップは、特にドイツの知識人たちを咎めているのであるが、私は、大同小異のことが聯合軍各国から同じく「文明」に向って訴えられたことをロマン・ロランとともに認めたいのであって、いずれの場合にも人間が自己の利害、自己の思想を批判しようともせず、その奴隷となり機械となった例証を見せつけられて黯然とするのである。

クリストフ・ニーロップが憤激を以て非難しているドイツの九十三名の学芸界名士のマニフェストは、一九一四年の秋、丁度、カイゼルの軍隊がベルギー及び北フランスを焦土に化した時、聯合国からの抗議に答えるために世界の各国語（日本語版があったかどうかは知らないが、）を以て公表された。そして、この九十三人の名士のなかには、次のような高名な人々を見出せるのである。エミール・フォン・ベーリング、ウィルヘルム・フォン・ボーデ、フランツ・フォン・デフレッガー、リヒャルト・デーメル、ウィルヘルム・デルプフェルト、パウル・エーリッヒ、エルンスト・ヘッケル、マックス・ハルベ、アドルフ・フォン・ハルナック、ゲルハルト・ハウプトマン、フリッツ・アウグスト・フォン・カウルバッハ、マクス・クリンゲル、カール・ランプレヒト、フランツ・フォン・リスト、ワルテル・ネルンスト、ウィルヘルム・オストワルト、マクス・ラインハルト、ウィルヘルム・レントゲン、ヘルマン・ズーデルマン、ジーグフリート・ワグネル、ウルリッヒ・フォン・ウィラモウィッツ・メーレンドルフ、ウィ

ルヘルム・ヴント……（上掲書第五七頁）

これら学界文芸界の名士たち、その行迹に対しては我々といえども敬意を表してしかるべき筈のドイツの「偉人」たちが決議して、ドイツの行動の正しいことを世界の正義と文明とに訴えたことは、あらゆる戦争の場合と同じく、機械的な弁解にすぎなかった。この弁解を全部引用する勇気はない。「真珠湾を攻撃するような態勢に追いこまれたから攻撃した。だから正しい」ということに外ならないのである。見本を一つ二つ訳出するだけにしよう。

――ドイツがこの戦争を惹起したというのは真実でない。ドイツ国民も、政府も、皇帝もそれを欲しなかった。最後にいたるまで、できる限り、ドイツは平和維持のために戦った。……三大強国によって先ず脅かされ、次に不意を襲われた結果、甫めて、わが国民は、一人の人間として立ちあがったのである。

我々がベルギーの中立を犯す罪業を敢てしたというのは真実ではない。我々は、フランス及びイギリスが、ベルギーの同意あること間違いなしという自信を以て、彼ら自身この中立を犯そうとする決意があった否認すべからざる証拠を我々は持っている。我々の祖国にとって、彼らの先手を打たぬことは、自殺することになったわけだ。……（上掲書第五四頁以下）

すべてこの調子である。そして、これと同じ調子の弁解は何度となく繰返されたし、これからも繰返される心配がある。しかも、人道・正義・自由の名において。しかし、戦争には、これらの美名によって弁護されるべきいかなる美点もない。たとえ「真実でない」ということが「真実」であるとしても。

ドイツのすぐれた学者たちは、そのショーヴィニスムの機械となったにすぎないし、このことは、ドイツ側ばかりについてのみ言い得ることではない。ここで、ロマン・ロランの言葉を思い出さねばならぬ。ロマン・ロランに亡命を余儀なくさせた文章、――即ち祖国フランス、ゲルマニスムの侵略に抗すると称するフランス、しかし実は、異ったカピタリスト兼アンペリヤリスト国同士の抗争裡の一陣営に外ならなかったフランスから、ロランが亡命を余儀なくさせられるにいたった文章『動乱の上に立って』

（一九一四年九月十五日『ジュネーヴ紙』）には、次のような言葉がある。

——またしても、古い繰返しの歌が聞える。「戦争の宿命（ファタリテ）は、あらゆる意志よりも強大なのだ」と。——家畜の群の古臭い繰返しの歌であるが、己の弱さを神にしたてて、これを崇めたてているのだ。人間は、世界を導いてゆく義務があるのに、運命というものを発明して、これに世界の混乱をかずけてしまおうとする。宿命（ファタリテ）などいうものはない！　宿命（ファタリテ）とは、我々の意欲するものである。また、更にしばしば、我々が意欲し足りないものでもある。今、我々の各々は、各自の悔悟（メア・クルパ）をなすべきである！　あの知識界の選良たち、あの諸々の教会、あの労働者の諸党派は、戦争を欲しはしなかった。それはそれでよい。……ところで、彼らは戦争を阻止するために何をしたか？　戦争を緩和するために何をしているか？　彼らは戦争の火をかき立てている。銘々が、薪束を持ちよっている。……形而上学者や詩人や歴史家の間で白兵戦が交されている。オイケン対ベルグソン、ハウプトマン対メーテルランク、……（略）、バッハのフーガと、「ドイチェランド・ユーバー・アルレス！」（＝八紘一宇のドイツ国！）を轟々と奏し出すオルガンの響きのなかで、八十二歳になった老哲人ヴントは、ライプチッヒの学生たちに、嗄(しわ)がれた声で「聖戦」に赴(おもむ)けと叫ぶ。そして、誰も彼も、お互いに「野蛮人」と呼び合う。パリの精神科学(シャンス・モラル)アカデミーは、その院長ベルグソンの口を介して、「ドイツを相手に交わされている闘争は、野蛮対文明の闘争である」と宣言する。ドイツ史学界は、カール・ランプレヒトの唇(くちびる)からこう答え返す。「ゲルマニスムと野蛮との間に戦争が行われているのであり、現在の闘争は、ドイツが数世紀の間、フン族やトルコ族に対して行ってきた争闘の論理的結末である」と。

社会主義者も宗教家も学者も……すべてが、「もうこうなったからには！」という見事な理窟で、開戦とともに過激国家主義者となり、フランス人はドイツ人を野蛮人と呼び、ドイツ人はフランス人を野蛮人と呼んで、動物のような或は昆虫のような闘争を行っている様を眺めて、ロマン・ロランは、もはや我慢し切れなかったのである。自己・欲望・思想の機械になった人間は、その機械的な行動の愚かしさを合理化しようとするために、「美しい」「もっともらしい」思想的偶像を捏造する。これはあらゆる戦争を通じて見られたことである。人類の恐らく宿命的なファルス的な面影が、この時最も明瞭に現れてくる。そして、カピタリスムがその歴史的な役割を終えかけた時、それ自体が機械化し、それに属する人間も機械化される。ファルスはそれからも生れる。

近代の戦争というものは、本質的に所謂カピタリスム制度の所産だったろう。なぜならば、カピタリスムはアンペリヤリスムの庇護なくしては、存命できぬようであり、アンペリヤリスムとは、……敢て詳説の要はあるまい。近代のあらゆる戦争は、一応この観点から眺められるし理解もされるような気がしてならない。ところが、コミュニスムは、「戦争のない世のなか」を招来しようとする主張を持つことになっているが、もしそうならば、戦争のために常に実害を蒙る人民の要求に応ずるものである。しかし、カピタリスムの結集或は崩壊型態としての今までの戦争を必然と考えることによって、「最後の戦争」たるべきコミュニスム対カピタリスムの戦争も必然だと考えねばならぬのであろうか？　即ち、我々の子孫の幸福のために、我々の子孫が戦争のない世のなかを持ち得るために、カピタリスム圏内の者とコミュニスム圏内の者とが、再び殺し合いをし、しかも今までなかったような大量屠殺をし合うのが歴史的必然で、これを奨励し甘受せねばならぬのであろうか？　少くとも、私はこうしたコミュニスト的歴史的必然を承諾できない。

我々は近代機械文明の恩沢に浴しつつも、幾多の変質が我々の人間性に加えられていることを認めねばならぬ。映画・自動車・飛行機・薬剤・電気磁気・原子力……その他、人間の分限を極限にまで拡げようとする現代の科学・機械文明は、時折増上慢の罪を人間に犯させるもののようである。機械の利便によって時間空間にのさばり出、今までの人間とは全く異った人間になったようにも見られ、自らも「モデルニテ」の名のもとにそう自信している人々が、恐らく現代の文明国の人々の大多数であろう。また、こうした「モデルニテ」の獲得だけを「文明」の進歩と考える「文明人」も多数である。

全く、科学・機械文明の利得は、正に人類の宝であろうが、機械は人間のために作られたものであり、人間は機械の奴隷になってはならぬ筈である。この簡単な事実を忘れない人々が、真の文明人であり、機械の奴隷になった文明人は、この事実を忘れ去っているが故に増上慢に陥り、とんでもない愚行を演ずるのである。ここにピストルがあるとする。ピストルは、人間が自己の無力を自覚して、自分を脅かす他の暴力に対抗するために作った「飛道具」であって、やたらに発射してはならぬのである。ピストルを持っているからと言って、あたかも自分に強大な力ができたかのごとく誤算し、またピストルの偉力に壮快さを感じ、むやみにこれをふりまわしたり、発射したりする人間は、増上慢なるが故に、狂人的な罪まで犯すわけであり、機械の奴隷になったとしか言えない。

戦時中東大の心理学教室で、猿の心理（?）を研究していたことがある。航空衛生などとも関係があったものと思うが、猿はその生れ持った習性から、木の上や高いところへするするとのぼれるし、常に容易に、地上のものを下に見られるというところから、かくのごとき習性を持った猿の心理（?）は、地上生活を常とし、そうやすやすと木の上へはのぼれぬ我々の心理とどのような差異があるかを、実験的に研究しようとするもののようであった。この研究の結果は聞知しないから判らないが、恐らく、何かの結果は出たに違いない。我々の生活の条件が変化すると、物の見方や考え方まで変ってくる以上、右のごとき実験も根拠がないわけはない筈である。科学・機械文明の利便によって、徐々に生活が変化してゆく時、心理的な生理的な変化が生ずることも、ほぼ明瞭であろう。ただ生物のなかで、「自分が死ぬものだということを知っている唯一の生物」（パスカル）たる我々人間は、自らの内に生ずる変化の由来をも自覚していなければならぬ。文化科学の使命の最も重大な部分はそこにあるに相違ない。我々は、「人類は今までどれだけのことをしてきたか」「人類はこれからどうせねばならぬか」を、二つの重大な関心事として常に持っている筈であるし、「土から出て土にかえる」人間の分限も自覚している筈である。否自覚していなければならない。科学・機械文明の利便の蔭にある呪詛してしかるべき病弊は、この自覚の喪失ということである。科学・機械文明の点で立ちおくれた日本人においてすら（いや立ちおくれたための現象かもしれぬが）、この病弊はあらゆるところに見られる。我々の持つ軽薄な模倣癖にも助長されて……。世界で最も科学・機械文明の発達したアメリカで、既に戦前から科学者ジョージ・サートンが「科学のヒューマナイゼーション」を叫んでいたことは、当然であり、立派なことである。十六世紀のフランス小説家フランソワ・ラブレーも「良心なき知識は霊魂の荒廃に外ならぬ」と言ったことがあるが、極めて地味な人間の声であるけれども、サートンのヒューマナイゼーション説には通じるものを十分に持っているのである。この精神の流れを失わないほうがよいではないか？

私は、先に歴史的必然を甘受すべきや否やと言ったが、そこへ問題を戻さねばならぬ。カピタリスムというものは、人間が考え出したものであり、初めは人間の利便幸福のためにあった。もし、これが多くの人間を不幸にするようなところまで硬化してきた以上は、進んでこの制度を変えるか棄てるかせねばならない。人間のくせにこの制度の奴隷となり機械となって、この制度の必然的結末とも言える戦争まで起すことは、笑うべき愚挙である。しかし、カピタリスムとともに発達してきた機械文明の病弊が、人間をまひさせ、人間の良心を奪った結果であろうか、人間には、頑強に、未だに戦争を欲しているところがある。しかし、戦争を望む人間は、自分が制度の奴隷となり機械となっているということを悟らねばならず、それがどのくらい非人間的な愚昧なことかも判らねばならぬ。

コミュニスムも、人間の利便幸福のために、人間が考え出した思想・制度である。この根本を忘れては、何の思想ぞと言わねばならない。コミュニスト国家といえども近代機械文明に助けられて成長してゆくことは当然であるが、新しい理念の下に作られた新しい人間が、いつの間にか、近代機械文明の病毒に犯されるとともに、己の属する制度やイデオロギーの奴隷となり機械となることは、避けねばならぬ筈であろう。歴史的必然を実証するために、コミュニストたちは、どうしても、カピタリスムの人々と血みどろな「戦争」をせねばならぬと考えるのであろうか？

戦争で実害を蒙るのは、大多数の人民である。人民の味方であるべきコミュニスムは、戦争を阻止するための手段を考えねばならないし、さもなくば、人民なくしては成立せぬカピタリスムに、歴史的必然を実証する名誉を与えることになるのを悟るべきである。

「戦争は階級闘争の形をとる」ということは、階級闘争によってコミュニズムの樹立を行うために戦争を要求せねばならぬということを意味するのではなかろう。階級闘争とは現実であって観念ではない。もしこうした観念の機械となって、コミュニストがもし戦争を求めたら、それはコミュニストではない。

また、過去の戦争の実相を見て、「戦争は階級闘争の形をとる」ことを明らかに教えられたカピタリスムの人々は、コミュニスム対カピタリスムの「血戦」とやらを歴史的必然によって行ったら、その結果は、軍事的な勝負とは無関係に案外な結果になることをも心得ている筈である。しかもなお、双ほうが「血戦」を合理化して準備するとすれば、そこには暗澹たる機械の轟音しかない。人類の進歩とか進化とかは、このような機械的解決によらねば依然として可能ではないのであろうか？　これが近代の結末なのであろうか？　ただ動物のように強い人間のみが生き残ればよいのであろうか？　或はそうかもしれない。しかし、それでよいのか？

近代はルネサンスに始まると言われるが、この近代は、我々の思考行動の主題に「人間」を置いてはくれた。そして、人間の無力、人間の微弱が事毎(ことごと)に暴露されるにつれて、人間は苦しまぎれに、捨て去った神の機械に再びなろうとしたり、イデオロギーの機械になろうとしたりするのが現代だとするならば、また、この傾向は機械文明による人間性の忘却によって拍車をかけられつつあるならば、正に近代は、終末の時期に突進していると申せるかもしれず、「モデルニスム」の洗礼を受けて、全く「新しい人間」になった人類は、もはや己が機械になったことなど考える必要もなく、生れ且(か)つ死に、人生の「幸福」はそこにあるということになるのかもしれない。

　人間が機械や制度やイデオロギーや或は神の奴隷となり道具となって、死闘して、必然性に即した人々が生き残るというのが、ルネサンス以後人間の獲得した人間解放の結末ならば、またそれが歴史的必然であるならば、私の主張のごときは、正に甘いも甘い大甘な反動的言辞ともなるであろう。しかし近代というものの片隅に生きた私は、近代のかくのごとき閉幕が苦しいだけなのであるし、そして、胸が痛くなるだけなのである。新しい「中世」には、巨大な破壊によって、所謂「世なおし」が行われるのであろう。生き残った人々は、なおもしばらくの間殺し合いを続けながら、廃墟のなかから、再び新しいルネサンスを叫ぶのであろう。もし地球が、その時まで無事であったならば。

私は、この新しいルネサンスを呪詛などはしない。しかし、このルネサンスの到来の前の過酷な「中世」と恐らく新しいルネサンスの誕生の犠牲となる巨大な破壊とを呪詛する。単に私自身が死ぬからではない。私の愛する人々が倒れるからでもない。ただ、このような歴史的必然というものは、非人間的であり、人間を愛し人間のためにある一切の思想体系とは矛盾すべきものであるからであり、この愚劣な矛盾を避け得るものは、各々の人間であって、この矛盾のなかに滑りこむのは、機械になった各々の人間に外ならないと思うからである。しかし、機械となるのが近代人の結末であるなら、瞑目し観念するより外にない。

現在のままのキリスト教会は、こうした歴史的必然の渦中でのたうちまわる人々の苦悩に麻酔剤を与え、この必然を甘受すべきことを暗示する力はあっても、それ以外の力はないかもしれない。「神の軍隊」の名によって、ルネサンス期の宗教戦乱から第二次世界大戦まで、戦争の後推しをすらつとめた宗教は、現に、二つの陣営のいずれかにつこうとして身構えている。そしてつくほうは大体判っている。これではいけないのである。第二の宗教改革が、新しいルッター、新しいカルヴァンによってなされねばならず、その道は、奇妙な表現であるが、宗教のヒューマナイゼーションしかない。そして、宗教のヒューマナイゼーションとは、「鴉片（あへん）」的なものを一切自ら棄てて、神すら人間のためにあるものであることを認知し、自らの作ったものの機械となり奴隷となりやすい人間の弱小さに対する反省を、自らも行い他人にも教え、ルネサンス期以来人間の獲得したものに対する責任を闡明（せんめい）する役を買わねばならない。宗教家が宗教の機械になった例は、特にあげる必要がないくらい多い。一体地球が滅び去ったら、宗教はどうなるのであろうか？　滅びないとしても、逞（たくま）しい動物のような人々だけが廃墟のなかから出てくるような時代に、教会は何をすればよいというのであろうか？　そうなったら、もはやおそい。そうならぬ前に宗教も教会もせねばならぬことはある筈である。

しかし、このような虫の良い註文は恐らく、無意味なのであろう。一切の人間は、自分の欲望と思いこみによってしか生きられず、また考えられないようだ。私のごときは、指を切って血を出しただけで気持が悪くなりかねない弱虫なのであろうし、第二次大戦で辛うじて生き残り、インフレのなかで辛うじて生き続けている没落プチ・ブルなのであろう。この弱虫のプチ・ブルの欲望とは、「戦争はいやだ」ということであり、この弱虫の思いこみは、「人間は自分の作ったものの機械になりやすい」ということである。もし仮に私自身が何かの機械になっているとしたら、敗戦後一頃にぎやかに猫もしゃくしもかつぎまわった例のヒューマニズムとかいう甘ちょろい思想の機械になっているのであろう。だから、以上に記したことは、弱虫のプチ・ブル・ヒューマニストが、所謂ヒューマニズムの機械となって戦争呪詛の欲望を表白したにすぎないかもしれない。ヒューマニズムとは、人間の機械化から人間を擁護する人間の思想である。割切れない始末に困る人間性の認知を不断に持って、懸命にその解決を求め続ける精神である。ルネサンス期の宗教改革、十八世紀のフランス革命、産業革命、十九世紀の共産党宣言をも一貫として流れている人間の最も人間らしい懸命な努力である。この精神を喪失することは、制度や思想の機械になることである。しかし、機械になるのが必然だというのならば、何も言うことはない。「最後に笑う者は一番よく笑う」という格言を思い出すが、現在の私には、最後に一番よく笑う人の笑いは、狂笑かもしれぬなどと呟く傍、その時には「新しいルネサンス人」の感じ方考え方が全く私とは別になり、狂笑と思われるものも案外朗かな笑いかもしれぬと思うのみである。それはそれでよいとしても、そこまでゆくまでに、どのくらいの涕泣と血潮と野獣性と痴呆とが見られるかと考えると、「もう少しどうにかしてくれ！」と悲鳴をあげたくなるまでの話である。これがプチ・ブル・ヒューマニストの本音である。しかし、目下のところはどうにもならぬ。

第二次大戦中、私は恥ずべき消極的傍観者だった。そして、先輩や友人によくこう言って叱られた。「もし君の側で君の親友が敵の弾で殺されても、君はぼそぼそ反戦論を唱えるかい！」「敵が君に銃をつきつけてもかい！」と。僕は、その場合殺されるつもりであったし、ひっぱたかれても竹槍で相手を突くつもりはなかったから、友人の思いこみを、解きほぐす力がなかった。「困るな！」と言うだけであった。しかし、理窟は抜きにして、「困る」だけである。戦時中、僕は爆撃にも耐えられた。しかし、親しい先輩や友人たちが刻々と野蛮に（機械的に）なってゆく姿を正視することはできなかった。二度とあんな苦しい目はいやである。そして、人間同士をこのような「困る」状態に陥らせる戦争は、目下平和（つまり戦争のない時期）の間に、各人が全力をあげて防止せねばならない。しかし、右にのべたような切端つまった場合に、少しも困らぬ人々が沢山いることを私は知っているし、現在「澎湃」としているらしいユネスコ運動の日本的ヴァリエーションとして、地方の愛国的臥薪嘗胆的親分がカトリックに改宗して、ユネスコ運動の有力者となり、最大緊急の事業として、日本を一大軍事工場にするという意見を発表しているというような不協和音だか協和音だかがあるということも聞知している有様である。

T先生は、言われた、「日本人は皆本質的にニヒリストだよ」と。そうかもしれない。すべてどうでもよいと言える。しかし無智な人間の行為とニヒリストの行為とが時折同一に近い場合もある。私は、日本が後進国だと言って先輩に叱られた。しかし私は、どうしても日本が先進国だとは思えぬ。そして、右にのべたようなユネスコの日本化をあまり誇りとはできないだけの話である。

——宿命とは、我々の意欲するものである。また、更にしばしば、我々が意欲し足りないものでもある。

このロマン・ロランの言葉が正しく理解されない限り、すべてが自業自得でけりがつくかもしれないと思う。そして、このようなことを言う私の気持には、多分に日本的ニヒリズムの翳（かげ）がさしている。そして、私は、この日本的ニヒリズムの機械になるのもいけないと、自分に言いきかせるのである。（1948）

自由について

我々人間は、健康な時には特に肉体の存在を感じないものです。それに反して、胃痛に苦しむ時とか、頭痛に悩まされる時とかになりますと、胎内にあって不気味な蠕動を営んでいる胃腑やら、フランソワ・ラブレー流に言えば、チーズのような脳味噌を納めた重い徳利頭やらを、染々と意識するようになります。空気がなくなるとか、或は肺が用をなさなくなるかしない限り、我々は空気のありがたさを感じないのが常でしょう。その点、人間というものは実に我儘（わがまま）勝手で、仕末に了（お）えないものです。堯（ぎょう）舜（しゅん）の世で、安居楽業し日々是好日だった人民は、天子の存在をも忘れるくらいだったのに、フランス大革命の時には、フランス王家の人々に向ってA bas les Capets!（カペー野郎くたばれ！）と、人民は執拗に叫ぶのです。恐らく自由ということが考えられるのも、社会的に、また思想的に、変動が生じている非堯舜的時代の特質と言えるでしょう。そして、非堯舜的時代は、現実の社会の常態でしょうから、いつの世にも自由の問題は論ぜられるものかもしれません。ルッターとエラスムスとが、ルネサンス期に、自由意思論を繞って大論争をしたことは、誰しもの心得ていることでしょうし、正にルネサンスという重大な変動期であればこそ、こういう事態現象が特に生ずるのでしょう。しかし、自由という問題はなにもルッターとエラスムスに限らないのです。ソクラテスやプラトンに対するアリストテレスの場合、エピクロス派やストワ派に対するカルネヤデスの場合、聖アウグスティヌスや聖トマに対するドゥンス・スコトゥスの場合……また、近世の哲学者たちの論争の場合などと、無数に例をあげることができます。そして、そのいずれもが、一見直接社会の変動に結びつかない純粋な哲学論争のように見えることがあるにしましても、根本的な一時期の思考法の変動と必然的に結びついているのであり、延いては、社会全体の問題とも結びついているのです。その上、自由の問題は、それが、本来割り切れない生臭い存在である人間、三分の一獣で、三分の一機械で、三分の一堕天使のような人間という生物の恐らく専売の問題であるだけに、幾多の聖賢の論争も、はたして的確な結論を出しているかどうかも判らぬのです。甚だ不逞な表現でありますが、今日でも、またこれから先も、自由の問題を取扱う人々は、すべて、巨象を撫でさする盲人に譬えられるかもしれないのです。僕にしても、正にそうです。ただ希うことは、鈍根浅学な僕が、常に自己の盲人性を忘れないようにということです。

僕に言わせますと、具体的な客観的な自由というようなものはないのでして、単に人間の意識の問題にすぎないように思われます。従って、人間には絶対的普遍的自由などというものは、あるわけではないことになります。一つの事実が甲には自由な意識を与え、乙には不自由な意識を感じさせる場合も考えられます。例えば、学校へ行きたがる子供と行きたがらぬ子供との反応の比較を考えれば、その間のことを容易に理解できるでしょう。また、或る人々は、下水溝へごみをつめこむことに自由を感ずるし、或る人々は下水溝をつまらせないようにすることに自由を感じます。その上、こうした意識は、僕の全くの推定ですが、人間という動物特有のものであって、他の動物や植物にはないらしいということも、先ず考えねばならぬかと思っています。野放しになった犬に、はたして自由感があり、鎖につながれた犬に、はたして不自由感があるか？　すくすくと勝手に伸びる草木に自由感があって、添木や岩石で曲げられひしがれた植物に自由感がないかどうか？　少くとも僕から見れば、犬も、植木も、恐らく単なる生物体としての反応しかないのであって、我々のような自由・不自由の意識はないように思われてなりません。あるように思うのは、所謂自己移入でしょう。しかし、前にも記した通り、これは全くの推定であって、確証はないのです。しかし、人間のうちで誰が、それの確証を示してくれるでしょう？　恐らく誰もいまいと思っています。

　さて、我々人間専売だと一応考えてもよい自由の意識というものも、先に一寸（ちょっと）触れたように、甚だよい加減なものであります。という意味は、各人によって区々としているし、意識である限りにおいて主観的なものであるから、御当人にはいかにも絶対のごとく感ぜられても、傍から見ると必ずしもそうではないということであります。塙検校の挿話を思い出すがよいと思います。盲目な塙保己一から見れば、世のなかは常に暗闇であり、燈明が消えたからと言って本が読めなくなるような眼明きは不自由なものでしょう。しかし、眼明きの我々から見れば、真昼間でも手さぐりせねば、便所へもなかなかゆけぬ塙検校は不自由と思うのです。その上に、人間の肉体及び精神の有限性を考えるとよいのです。また、我々は、些細なことのために、幸福になったり不幸になったりすることを考えるとよいのです。また、一匹の蛔虫のために生命を失い、思想感情までを変化させられる脆弱なデリケートな精密機械のような我々であることを思うがよいのです。

従って、我々の自由の意識も、甚だ怪しい代物です。我々が各々この世に生れ出た時、一個の独立した存在になるわけですが、独立した存在ということは、太郎はもはや次郎になれず、太郎は次郎のあらゆる思想や感情を理解し尽せないという宣告に外なりません。これは人間の宿命的な孤独とでも言えるものでしょうが、こうした人間的条件を知った以上、自由の意識とは、一体何になるのでしょうか？　いくら腹が減ったからと言って、ビフテキを百枚食べることはできませんし、いくら思案が好きだからと言って、一週間ぶっ続けに唯物弁証法を考えるわけにもゆかないようです。ビフテキを二枚か三枚食べて腹が一杯になった時、弁証法を三時間議論して疲労した時がくる前、即ちその人間の欲望の充足と疲労とが、それ以上の摂取や思考を拒否する時期がくるまでの間に、人間のオルガニスムが比較的すらすら働いているごく僅かな時間中に現れ出るのが、自由の意識に外ならないとは言えますまいか？　従って、肉体的の自由、精神的の自由とは言うものの、それには、二種の限界があります。一つは、人間という生物の持つ限界であり、もう一つは、個人差という限界であります。だから、厳密に言えば人間には本来自由の感覚乃至幻想しかないとすら言えるのです。

更にまた、人間は、孤独な人間（自分を含めて）を救い、社会生活を送る必要をいつの間にか感じてきているのでありますが、自分の利益を一時殺しても全体の利益を生かし、しかる後、それに自分の分前を求めるという法式を考え出しているのでありますから、ジャングルのなかで、虎が兎を捕えて食べるような自由は非人間的と考え、弱い者を救い助けて、自分も救われ助けられようと望む考えを、いつのまにか、不充分ではありますが、少しずつ我が物にするようになっているのです。ですから、ジャングル内の自由に比べれば、ともかくも社会生活を送る人間の自由乃至自由意識は、甚だややこしいし、甚だ持ってまわったもの、甚だ扮装をこらしたものになってきます。そして、もしジャングルの自由を以て、真の自由というならば、社会生活を送らせられる人間の自由とはにせものの自由にすぎないことになるのです。我々の自由とは、所詮、意識の問題、甚だ怪しく勝手な、また危かしい個人の意識の問題にすぎなくなるのであります。

こうした人間的自由の意識を更に考えてみますと、様々な様相のものにぶつかります。これを大別しますと、一つは、欲望充足への運動、二つは、「法」の納得認知、三つは、生命感覚となります。

最初の様相は、最も単純なもので、金のない人間が金を要求し、金を入手して欲望を満足させようとする場合であります。従って、主として物質的の不満を契機とします。これは史上の所謂自由解放運動にも、個人の自由要求にも共通して見出されるものであり、我々が動物であり生物である限りにおいて、生活権生存権を圧迫されたという理由で、自由解放を要求する正当な動物的反応でありましょう。しかし、これだけに自由があり、自由意識があるとするならば、それはジャングルの自由とあまり大差なくなりますし、いかなる美名を用いて事が行われる際にも、非人間的な行動が見られるに違いありません。その上に、このような外的物質的束縛の打破は、決して絶対的完全に行われるものでなく、人間を一度自由に食った虎が、その味を覚えて、極めて危険な相手たる人間を恋い慕うという不自由に縛られてしまうように、自由解放を行ったと思ったとたんに、自分では気のつかぬものに縛られてしまうことにもなることがあるのです。自由平等を唱えて革命を行い、革命行動の機械のようになり、更に他人に課した新しい不自由不平等を守ろうとするがごときは、正にこれでありましょう。その点、自分が縛られている鎖や棒が変るにすぎないのに、嬉々として動かされている犬のようなところが感じられます。従って、人間の自由解放の全部がこのようなものであったら、自由解放とは、やはりジャングルへの復帰に近くなるのです。もう一度申添えますが、古今東西の自由解放運動には今記したような要素も必ず見出されますし、それは当然でしょう。持たぬ者は持てる者に要求するのはやむを得ないかもしれません。しかし、人間的な自由解放には、もっと別なものが附加されねばならないのです。そこで第二の「法」の納得認知という様相が問題になります。

我々は、例えば、交通規則を守ろうとします。赤・青・黄の信号を守ることによって、いくら急いでいる場合でも、無駄な混乱や犠牲をお互いに避けようとします。社会が複雑になればなるほど、交通規則のごときものは、後から後からと作られるものでしょう。我々は生れた時から区役所の戸籍簿に登録され、統制や配給によって生活せねばならない「文明」国民です。このような様々な規則や統制のみをとって考えてみますと、実に不自由で、原始時代の野放図な生活のほうが、はるかに自由とも思われましょう。しかし、社会生活を営むことによる利便は、我々をして原始時代に還ることを拒否させる筈です。電気・水道・ラジオ・新聞・電車・ペニシリン・下水……などという社会生活に必須なものに対する反省があれば、誰も原始時代のほうをありがたいと思いますまい。ただ、こうした利便を忘れ、こうした利便を受ける場合の責任を忘れた時、かっとしてジャングルのほうが自由だなどと言い出すのです。我々が、例えば、交通規則や登録や配給がやむを得ぬものであること、それらは社会的生活を危殆に瀕せしめないために皆が協力して守るべき約束法則だと、納得し認知すれば、一種の不自由感はありましても、これを内心において自由感に転化し得るのです。これは、現段階における人間の自由意識として重要なものの一つでしょう。フランス十七世紀のカトリックのボシュエも、「ローマ人たちは、ギリシヤ人たちも同様だが、自由という名称の下で、誰しも法則だけにしか屈従せず、且つ法則が人間よりも強力だというような状態を考えていた」（『世界史』三の六）と言っている通りでありますし、更にまたボシュエからは恐らく異端外道と言われそうなコミュニストのエンゲルスも「意志の自由とは事実の知識を以て決定し得る能力に外ならぬ」と言っている通りであります。やさしい例で言ってみれば、自動車が頻繁に通る十字路を渡る時には、いくら急いでいても、理性があれば、また知識があれば、間近かに起る危難を予想し、それを予防する方法も考えられるが故に、赤信号が出ていたら進行を停止せねばならぬのです。こうしたことは、他の色々な面でも考えられることです。恐らく、我々が、社会全体、国家全体、世界全体の動きに対して、澄明な洞察力や想像力や知識を持っていたら、いくらうるさい法令でも、その目的が正当であると首肯される限りにおいて、これを受諾し、些（ちっと）も不自由な感じを持つ筈はなく、むしろ、内心における自己克服とともに健康な自由の意識をも持つことになりましょう。単なる欲望充足の自由も、かくのごとき不自由によってのみ、人間的な自由へ転化できる筈であります。ですから、富める者はその富を貧しい者に頒たねばならぬし、こうしてはじめて富める者も、「自由」になるとも言えるのです。

ただ問題なのは、狂人が交通整理に当ったら大変なことになるのと同じく、社会の調節を行うために、法規を発動したり統制を運用したりする人間が、社会に対し人類に対して、甚だ無智であり、逆に法規や統制に使われたり、或はこれを自分の狭い見解や私利のためにのみに用いようとした時には、甚だ好ましからざることが生ずるということです。例えば、軍国日本やナチ・ドイツの場合がそれでした。指導者の見識の高さ低さ、その人間的な幅の有無が、同じ法規や統制を人間的にもし、非人間的にもすると思います。また、国民の見識の有無が、同じく、国民に自由の意識を与えもし奪いもします。僕は、ナチの人々がヒットラー治下で、ヒットラーの方針を納得是認したが故に、自由意識を持ったであろうと信じています。勿論例外はあったでしょうし、最後までそうであったとは言えますまいが、とも角もそうした時期のあったことは事実でしょう。丁度、南京陥落の時に行われた宮城前の祝賀提燈行列時代の日本人の興奮した「自由意識」が否定できない事実であると同じく。しかし、この自由意識は、ボシュエが考え、エンゲルスが説いているような自由意識とは言えますまい。無智によって納得是認された無法な法の認知があるだけであります。或は、親分の命令一下なぐりこみをかけに出かけるやくざ一味の気負い立った自由意識でありまして、自分の属する国家、社会及び、それが更に属する世界人類の利害まで考えた上での自由意識ではありますまい。しかし、こうした広い見解の上に立った自由意識でなければ、真に人間的なものとは考えられないのです。従って、法の納得認知を行う様相の下における自由意識でも、かくのごとく様々な段階があることを心得ねばならないのです。

ボシュエの説く「法」にしても、それがいかなる目的のものであるかが問題であります。「法」というものは、あらゆる人間の創作物と同様に、これを使う人間次第であるし、また社会の変化につれて、「法」そのものにも潔く是正訂正が加えられねばならぬのであり、そして、それは、その「法」が行われている社会全体の意向によってなされねばならぬ筈であります。その間にも、国民なり市民なりの見識の高低深浅が大きな影響を及ぼすことは申すまでもありますまい。

また、エンゲルスの説く「知識」に関しても、はたして、人間は世界のことをすべて知られるかと言うに、それは怪しく、いかに偉大な知識人といえども、なお知らぬことが沢山あるのが常であることを思うべきであります。従って、人間的な高度の自由の意識と申しましても、それには自ら限度があることになります。この限界を知らないで述べられる「自由」は一切、僕としては合点がゆかないのです。誤った考えを持った人々が好ましからぬ「法」を濫用する時、これに便乗して自由を謳歌する人々に反して、これを納得是認できないという人々は、極めて不自由になります。本来相対的な人間的自由が更に制限されます。しかし、徳川時代の「踏絵」や「マリヤ観音」の故事が示すように、人間の自由意識は、たとえ外面において不自由でありましても、内攻に内攻を重ねて、保たれ続け得るのであります。「曲げるのは余の膝であって、余の考えではない」と言ったモンテーニュの時代から、人間の内心の洞穴は仄暗く、且つかなり深いようです。しかし、表面は納得した顔をして、内心では反逆しているような人間を作る社会は、決してよい社会と言えないことは勿論です。一寸注意いたしますが、これは「法」の濫用が行われ、上に立って法を運営する人々が錯誤している社会の話でありまして、よく治まった幸福な社会へまぎれこんだ無頼漢が、一見穏和な市民を装いながらも、悪事を働けないので心中甚だ穏かならざる場合の例を以て考えられては困るのです。

さて内心の洞穴へひそんだ「自由意識」は、時折戯作者的な笑いや皮肉を洩らす以外に、自己問答に終始する準無限的発展をなし得るようにも感ぜられます。これは、「心の密室の御燈明」であり、「らっきょの皮むき」であり、自我意識であり、不逞な妄想であります。外からの圧迫が強くなればなるほど、この内攻は深くなり、二重人格とも言われるような人間が作られてゆきます。がんじがらめに縛られて、恐れ入りましたと言上する人間でも、頭のなかでは相手を馬鹿にもできますし、相手を逆に縛りあげて、ずたずたに斬りさいなむことを空想もできます。心中で赤い舌を出すぐらいのことは、朝飯前のことでしょう。その点謂わば、無限の自由があるらしくも思われます。しかし、こういう意識は果して自由の意識と言えるかどうか解らないと思います。もし、これが自由の意識としたら、人間世界に、自由のないところはなくなり、何も自由解放の要などはなくなるでしょう。

内心へ潜入したこの準無限な自由意識とは、畢竟(ひっきょう)するに、自分の持っている一切の可能性の幻想の反芻に外ならず、自分は生きているのだと、自分に言い聞かせる切ない営みに外ならないのです。謂わば、生命意識であります。その上、自分の可能性が、いくらあるように思えても、人間の想像能力には限度がありますし、自分が生きているぞという一見不逞な感慨も、たった一つしかない自分というものの孤独と、他人にはなれっこない無能力とを、証明しているようなものであります。これは自由の意識とは呼べないでしょう。なぜなら、「自由の意識」とは、自己の意志の決定による行為に対する反省であるか、自己の意志の決定による選択承認の意識だからです。内心のみに作られた不逞な自由意識は、内心に作られたジャングルの自由の意識に外なりますまい。しかし、追いつめられて生命意識を反芻するようなところまでゆかぬうちは、こうした内心への沈潜にも、「自由意識」があるように思われることも事実であります。

我々は、以上述べた三つの様相の、各々限度や条件のある「自由」の意識を適当に按配して、己が主張を飾りたて、己が立場を守り、自由を唱えたり怒号したりするもののようです。

「自由」という字は、唐時代の俗語で、「自在」というのが文語だそうであります。「自ら在る」ことはよいことであり、願わしいことであります。ただ残念なことには、現在の社会ではなかなか「自ら在る」わけにはゆかなくなっているらしいのです。色々な努力や工夫をして、各人が「自ら在る」ことを求めねばならぬわけであり、「自由について」という題を与えられたのも、こうした風潮の徴候でしょう。

僕自身は、結局のところ、甚だ平凡ですが、人間には様々な限界があるというところから出発し、自由にも限界があるという結論に達するわけですが、現代生活で様々な制約がいよいよ増して行くことを思えば思うほど、各人が謙虚に知識を増そうと努力し、我々が作る「法」を十分に批判しつつも、納得できた以上は厳格にこれを守る、ということころに自由を求めるより外にしかたがないと思っています。従って、自由とは、自分一個のみならず、社会全体、人間全体の福祉を考えつつ、傍ら人間という機械にも獣にもなりやすい存在のことを思いながら、「法」の批判と納得とを行う努力のなかに生れる意識だということになります。

自由と連関して信教の自由とか、言論の自由とか、その他具体的に様々な場合の自由があるわけですが、これら一切について触れる暇がないのは遺憾です。しかし、いずれも、自由の意識と同様に、本質的には、知識の問題につながりますし、知識の問題は、根本的には、人間性への深い反省へも結びつく筈であります。

以上は、現段階に生きる僕の盲人的感想です。最後に、人間の自由の未来記の一節を記すことにしましょう。これは、全く、僕という「盲人」の妄想です……。恐らく、人間は、原子爆弾のようなものを用いて地球を破壊しない限り、科学の力を用いすぎたり精密な制度の力を振いすぎたりして、人間を全部、（ポール・ヴァレリーが予言しているように）整然たる蟻の群にすることでしょう。そして、その時には、一切の人間は、外のものに対し疑惑を持たず、従って批判をする必要がなくなっているでしょう。従って恐らく人間は幸福でしょう。いや、不幸感を持つ余裕がないでしょう。こういう現象は、既に軽度ではありますが、現在の地球上のいくつかの地域で見られ始めています。こうなった時、人間の自由意識は、全くなくなるか、或は、単なる個人の生命感覚に近いものとなるでしょう。これこそ、新しい人間だと或る人々は言うかもしれませぬ。もし、そうでしたら、その時期は、人間の自律性を我々に与えたルネサンスから始まる近代の大団円となり、一つの周期の終りとなるわけでしょう。

こう考えますと、自由意識には、必ず抵抗という条件があることが判ります。したいことができぬとか、金に困るとか、納得のゆかぬ法令が出るとか、言いたいことも言えぬとかいう抵抗が条件になっていることが判ります。幸か不幸か、現代はそういう条件を全部具えているらしいのです。従って、自由は叫ばれるのでしょう。皮肉に言えば、理想社会には自由の問題はなくなっているに相違なく、今こそ、自由の問題があり、その意識があるのでしょう。現代に生きつつ、僕として心から希うことは自由の名において、殺人をせぬこと、他人を裏切らぬこと、虐待せぬこと、戦争をせぬこと、告発せぬこと、野蛮なことをせぬことであります。長くとも八十年か九十年しか生きられぬ人間、歯が一本痛んでも詩が書けなくなる人間、小さなスピロヘータ・パリーダを体内に養っただけで多くの人々を悩ますような狂おしい考えになる人間、ジャングルにとかく郷愁を覚え、機械の歯車のように動くことを楽と思う人間、こういう我々自身への反省を保ち続けつつ、無智を克服し着実に歩む以外に、我々の自由の意識は人間化されないでしょう。人間化されるということに異論のある人は、恐らくありますまい。人間は危険な動物です。だから、その自由の意識も危険なものになり得ます。しかし、自ら危険な動物だと判った時に、辛うじて、その自由の意識も人間的になり得る契機を摑めるかもしれません。廟堂(びょうどう)に連なって人民の関知しない政争に耽る人々も、実業に従事して脱税する紳士も、そう思わねばなりますまい。多くの無力な人民だけが人間で、少数の権力ある政治家や実業家が動物や機械だったら全く話になりませんし、そのような社会で自由を論ずることは、ジャングルの人食い虎にがぶりとやられかけた人間の悲鳴にすぎないことになるのです。また、少数の者だけが人間で、それ以外は全部動物や機械であるような社会においても同じことが言えます。そのような社会で自由を論ずることは、轟々たる騒音のなかで、ショパンを弾くようなものです。(1949)

寛容（トレランス）は自らを守るために不寛容（アントレランス）に対して不寛容（アントレラン）になるべきか

右のような長い題目を、実際に与えられたわけではないが、註文の趣旨のなかには、右のような題目によって表現されてしかるべき主題があったと信じたから、敢（あえ）て、このような標題にしたのである。

過去の歴史を見ても、我々の周囲に展開される現実を眺めても、寛容が自らを守るために、不寛容を打倒すると称して、不寛容になった実例をしばしば見出すことができる。しかし、それだからと言って、寛容は、自らを守るために不寛容に対して不寛容になってよいという筈はない。割り切れない、有限な人間として、切羽つまった場合に際し、いかなる寛容人といえども不寛容に対して不寛容にならざるを得ぬようなことがあるであろう。これは、認める。しかし、このような場合は、実に情ない悲しい結末であって、これを原則として是認肯定する気持は僕にないのである。その上、不寛容に報いるに不寛容を以てした結果、双方の人間が、逆上し、狂乱して、避けられたかもしれぬ犠牲をも避けられぬことになったり、更にまた、怨恨と猜疑とが双方の人間の心に深い襞（ひだ）を残して、対立の激化を長引かせたりすることになるのを、僕は、考えまいとしても考えざるを得ない。従って、僕の結論は、極めて簡単である。寛容は自らを守るために不寛容に対して不寛容たるべきでない、と。繰返して言うが、この場合も、先に記した通り、悲しいまた呪わしい人間的事実として、寛容が不寛容に対して不寛容になった例が幾多あることを、また今後もあるであろうことをも、覚悟はしている。しかし、それは確かにいけないことであり、我々が皆で、こうした悲しく呪わしい人間的事実の発生を阻止するように全力を尽さねばならぬし、こうした事実を論理的にでも否定する人々の数を、一人でも増加せしめねばならぬと思う心には変りがない。

　人間は進歩するものかどうかは、むつかしい問題であろうが、人間社会全体の存続のために、人々が様々な掟や契約を作り出し、各自の恣意による対立抗争の解決に努力している点では、確かに進歩があると言ってもよいであろう。ヨーロッパの昔（中世前期）においては、個人間に悶着が起った時には、大名なり王者なりの前で、当該係争者が決闘をして、勝った者が神の意に適ったものとして、正しいと判ぜられたという。これは、弱肉強食から、人間が一歩前進して、何かの掟、何らかの契約を求めて、弱肉強食を浄化する意志を持っている証拠のように思われる。その後様々な法令が作られて、個人間の争闘は、法の名によって解決され、人間は死闘の悲惨から徐々に脱却しつつあると言ってもよいであろう。人間は嘘をつくし、逆上して殺人もする。しかし、嘘をついたり、殺人をしたりしてはいけないという契約は、いつの間にか、我々のものになって居り、嘘をつく人や殺人犯人は、現実にはいることを、悲しく呪わしい人間的事実として認めても、これを当然の事実として認める人はいない筈である。

寛容が不寛容に対して不寛容になってはならぬ、という原則も、その意味で、強く深く人々の心のなかに、新しい契約として獲得されねばならない。たとえ、前にのべたような悲しく呪わしい人間的事実が依然として起るとしても。いくらこうした原則が設けられても、不寛容が横行する以上どうにもならぬではないか、とも言われよう。しかし、右のような契約が、ほんとうに人間の倫理として、しっかりと守られてゆくに従い、不寛容も必ず薄れてゆくものであり、全く跡を断つことは、これまた人間的事実として、ないとしても、その力は著しく衰えるだろうと僕は思っている。恰(あたか)も嘘言や殺人が、現在においては、日蔭者になっているのと同じように。

寛容と不寛容との問題は、理性とか知性とか人間性とかいうものを、お互いに想定できる人間同士の間のことであって、猛獣対人間の場合や、有毒菌対人間の場合や、天災対人間の場合は、論外とすべきであろう。人間のなかには、猛獣的な人間もいるし、有毒菌的天災的な人物もいるにしても、普通人である限りにおいては、当然問題の範囲内にはいってくる。ただ、このような人間は、その発作が病理学的な場合もあり無智の結果である場合もあるから、問題の範囲内に入れるとしても、これも別に論じなければならぬことになろう。ここでは、概念的すぎるかもしれないが、普通の人間における不寛容と寛容との問題だけに焦点の位置を限らねばならない。

狂人も確かに人間ではあるが、狂人が暴れ騒ぐ時には、普通人は非常に困却するが故に、若干の力を用いたり、薬物の力を藉(か)りたりして、その暴行を抑制することがある。勿論、狂人に対して非人間的な取扱いは決してしないというむつかしい条件の下に、こうした措置は、万人に認容されるであろう。もっとも、普通人と狂人との差は、甚だ微妙であるが、普通人というのは、自らがいつ何時狂人になるかも判らないと反省できる人々のことにする。寛容と不寛容との問題も、こうした意味における普通人間の場に置いて、先ず考えられねばならない。

秩序は守られねばならず、秩序を紊す人々に対しては、社会的な制裁を当然加えてしかるべきであろう。しかし、その制裁は、あくまでも人間的でなければならぬし、秩序の必要を納得させるような結果を持つ制裁でなければならない。更にまた、これは忘れられ易い重大なことだと思うが、既成秩序の維持に当る人々、現存秩序から安寧と福祉とを与えられている人々は、その秩序を紊す人々に制裁を加える権利を持つとともに、自らが恩恵を受けている秩序が果して永劫に正しいものか、動脈硬化に陥ることはないものかどうかということを深く考え、秩序を紊す人々のなかには、既成秩序の欠陥を人一倍深く感じたり、その欠陥の犠牲になって苦しんでいる人々がいることを、十分に弁える義務を持つべきだろう。即ち、秩序を守ることを他人に要求する人々は、自らにとってありがたい秩序であればこそ、正に、その改善と進展とを志さねばならぬ筈である。寛容が、暴力らしいものを用いるかに見えるのは、右のような条件内においてのみであろう。しかし、この暴力らしいもの、即ち、自己修正を伴う他者への制裁は、果して暴力と言えるのであろうか？　十字路の進行を円滑ならしめるための青信号赤信号は暴力でないし、戸籍簿も配給も暴力ではない。人間の恣意を制限して、社会全体の調和と進行とを求めるものは、契約的性格を持つが故に、暴力らしい面が仮にあるとしても、暴力とは言えない。そして、我々がこうした有用な契約に対して、暴力的なものを感ずるのは、この契約の遵守を要求する個々の人間の無反省、傲慢或は機械性のためである。例えば、無闇やたらに法律を楯にとって弱い者をいじめる人々、十字路で人民をどなりつける警官などは、有用なるべき契約に暴力的なものを附加する人々と言ってもよい。こうした例は無数にある。用いる人間しだいで、いかに有用なものでも、有害となり、暴力的になるように思う。このことは、あらゆる人々によって、日常茶飯のうちに考えられていなければならぬことであろう。

寛容と不寛容とが相対峙した時、寛容は最悪の場合に、涙をふるって最低の暴力を用いることがあるかもしれぬのに対して、不寛容は、初めから終りまで、何の躊躇もなしに、暴力を用いるように思われる。今最悪の場合にと記したが、それ以外の時は、寛容の武器としては、ただ説得と自己反省しかないのである。従って、寛容は不寛容に対する時、常に無力であり、敗れ去るものであるが、それは恰もジャングルのなかで人間が猛獣に喰われるのと同じことかもしれない。ただ違うところは、猛獣に対して人間は説得の道が皆無であるのに反し、不寛容な人々に対しては、説得のチャンスが皆無ではないということである。そこに若干の光明もある。

人間の歴史は、一見不寛容によって推進されているようにも思う。しかし、たとえ無力なものであり、敗れ去るにしても、犠牲をなるべく少くしようとし、推進力の一つとしての不寛容の暴走の制動機となろうとする寛容は、過去の歴史のなかでも、決してないほうがよかったものではなかった筈である。

今でこそ尖鋭な思想対立の圏外に置かれ、個人の内心の清らかさとやさしさとを支えるものにもなり、寛容を説くキリスト教にしても、ローマ時代やヨーロッパ中世・ルネサンス時代には、決して寛容なものではなかったようである。これは、例えば、J・B・ビュアリの『思想の自由の歴史』(森島恒雄氏訳、岩波新書)にも詳しく述べられている通りである。このキリスト教がいかにして初めは不寛容であり、しかも何のためにその不寛容が激化せしめられ、その後いかにして寛容なものになったかということを、私見ではあるが、以下に記したいと思う。

キリスト教は、その母胎たるユダヤ教と同じく、峻厳な一神教の理念にすがりながら、多神教のローマ社会に、深い敵意と憎悪とを抱き、キリスト教の哲学と倫理とを以てせねば、世界は救えないという若々しい自負に生きていたようである。その間には、経済的な問題、階級的な問題も絡まっていたことは言うまでもなかろう。ところが、キリスト教の不寛容に対して、年をとったローマ社会は、極めて寛容な態度を持っていた。当時のキリスト教から言えば、瀆神は死に値することになるにも拘らず、ローマ社会では、瀆神は罰せられず、ティベリウス帝は、「もし神々が侮辱されたら、それは神々自身に始末させるがよい」と言ったくらいである。ところが、これほど寛容で、宗教を人間のものにしていたローマ社会も、弘まり始めたキリスト教に向っては、かなりの不寛容を示した時期があった。即ち、ドミティヤヌス帝トラヤヌス帝時代の政策がそうであり、いきり立ったキリスト教徒の殉教者列伝の第一頁が開かれるのであり、追いつめられたキリスト教の峻厳さは、凄愴の度を増して行くのである。そして、この性格は、その後のキリスト教に何世紀もの間、深い傷痕を残すのである。

ところで、寛容なローマ社会が、なぜキリスト教に対して不寛容であり得たかというに、それは、ビュアリによれば、ローマ社会の寛容を脅すキリスト教の不寛容を抹殺して自らの寛容を保とうとしたからである。

しかし、ここに附言せねばならぬことは、ローマ社会の不寛容といえども、キリスト教の不寛容に及ばなかったということである。我々は多くのキリスト教文学——例えば『クオ・ヴァディス』や『ファビオラ』——によって、ローマ人の残忍さを教えられているが、ローマ社会は、キリスト教徒の徹底的抹殺を考えはしなかったらしいのである。「第三世紀には、キリスト教徒はなお禁ぜられてはいたものの、全く公然と寛容されていた。教会は大ぴらに組織された。宗教会議は何の干渉も受けることなく開かれた。一寸した局地的な弾圧が試みられたことはあったが、大きな迫害は、ただ一回あっただけである。……（中略）……キリスト教徒は後になって一大殉教神話を創作したけれども、事実は、この世紀全体を通じて犠牲者は多くなかったのである。多くの残虐行為が皇帝たちの行為にされているが、彼らの治下において、キリスト教会が完全な平和を楽しんでいたことを我々は知っている」と、ビュアリは記している。（前掲書第三七頁）

その上、三一一年三一三年における宗教寛容令は、ローマ社会にキリスト教の弘流を決定的にし、その結果、ローマの寛容の代りに気負い立ったキリスト教の不寛容が君臨するにいたった、とビュアリは説き、こうも言っている。「この重大な決断のおかげで、理性は鎖につながれ、思想は奴隷化し、知識は少しも進歩しない一千年が始まった」と。（前掲書第四四頁）

すぐれた古典学者J・B・ビュアリが、ローマ社会の肩を持つことは当然であるが、本来峻厳で、若さのために気負い立ったキリスト教を更に峻厳ならしめ、更にいきり立たせたものは、ローマ社会が、自らの寛容を守ろうとして、一時的で微温的なものであったとしても、不寛容な政策を取った結果であるように思えてならない。終始一貫ローマ社会は、キリスト教に対して寛容たるべきであった。相手に、自ら殉教者と名乗る口実を与えることは、極めて危険な、そして強力な武器を与える結果になるものである。

中世、十六世紀を通じて、異端審判や宗教改革をめぐる宗教戦争が、驚くほどの酷薄さを発揮したが、この酷薄さは、春秋の筆法を借りれば、ローマの誤った不寛容によって鍛えられたものと言えるかもしれない。一切の不寛容は、自らの寛容を守るための不寛容でも、予想外の呪わしい結果を残すことを考えざるを得ない。

僕は、ソヴィエット・ロシヤの国内政策の酷薄さを様々な論考や著書によって教えられ、ロシヤの人間化を切に願っている者だが、こうまで酷薄になってしまったのは、革命以来、ロシヤを取り巻き、ロシヤを叩き潰そうとした周囲の国々の責任にもなるのではないかしらと、時々思うことがある。窮鼠が成長したら猛虎になるかもしれないからである。追いつめられ続けた人間が、どれほど猜疑心に駆られ、やさしい心根を失うかは色々な例で教えられるからである。

キリスト教がヨーロッパの新秩序を引き受けた時、この秩序を紊しかねないものは異端と断ぜられたが、異端に対する迫害の歴史は、キリスト教殉教者列伝以上の「伝説」になるかもしれない。

しかし、不寛容なキリスト教も、所詮人間のものとなり、それ自体に含まれているすぐれた人間的愛情が伸び始め、己の不寛容を愚劣と考えるような時期がいずれくるのであるが、その最初の時期は、ルネサンス期ではあるまいか？　ルネサンス期は、過酷な異端訊問の例と酸鼻な宗教戦争との歴史である。新教徒と旧教徒が、同じキリストの名において、たとえその間経済的政治的な理由があろうとも、お互いに狂信的な不寛容振りを示した時期である。しかし、この時代に、異教的古代の遺産の発掘と、ヨーロッパの地平線の拡大とによって、キリスト教の内側から、寛容の精神を説く人々が輩出するようになっている。これはキリスト教の持つ深い美質の故でもあろうが、ルネサンス期が人類の歴史に寄与した尊い贈物でもあるし、人間が存在する限り、無力らしい寛容は不寛容以上に根強いものがあることを物語るものと思っている。

ジャン・カルヴァンが、自らの弟子である筈の「異端者」ミシェル・セルヴェ（ミゲル・セルベト）を、一五五三年にほとんど謀殺に近いような手段に訴えて、やむを得ぬ策とは言え、火刑に処した時、同信の人々からも非難の声が挙げられたことは当然な結末であった。カルヴァンは、翌年二月二十四日に、『真の信仰を維持するための宣言』を発表して、「泣いて馬謖（ばしょく）を斬る」の要を弁じたのに対して、カルヴァンの同志である寛容なセバスチャン・カステリヨンは、『異端者論・これを迫害断罪すべきや否や』を発表して、異端者には教会内部の制裁は加えられてもいたし方ないが、現世の権力を用いて、逮捕したり死罪にしたりするのはいけないという考えを述べた。これは「異端の権利」の認知として、多くの史家（例えば、アンリ・オゼール、フェルディナン・ビュイソンなど）によって注目されていることである。勿論、当時にあっては、カステリヨンは、カルヴァン派によって獅子身中の虫と断ぜられた。カルヴァン派の論客テオドール・ド・ベーズの反駁書『異端者は世俗の法官によって処罰さるべきこと』は、カステリヨンに対する峻厳な回答となったのである。しかし、カステリヨンの存在は、少くとも僕から見て、不寛容な十六世紀の地下を流れる寛容精神の一噴出孔となるように思われるし、多くのものを約束するようにも考えられる。

やや下って、宗教相剋の相がいよいよすさまじくなった十六世紀後半に、己の妻子が新教に改宗することを認め、円満な家庭を営みつつ、自らは温良な旧教徒としてフランス宰相の位にあったミシェル・ド・ロピタルの次の言葉は、寛容精神の更に別な噴出孔とならないものだろうか？

「ルッター派とかユグノー派とか教皇派（パピスト）とかいう徒党分派を表す呪わしい言葉はやめにして、キリスト教徒という名前をそのまま用いたい」（一五六〇年一二月一三日オルレヤン三部会における演説中の一節）

「良心は、力を以て左右することのできない性質のものであり、むしろ教化されねばならず、決してこれを抑圧したり侵犯したりしてはならぬ。従って、もし信仰でも、それが強いられれば、それはもはや信仰ではない」（一五六一年九月一日ポワッシー会談の開会の辞中の一節）

しかし、ド・ロピタルの懸命な努力にも拘らず、彼の晩年には、恐ろしい聖バルトロメオの大虐殺の報を受けねばならなかったのである。ド・ロピタルのような態度は、ただうまく世渡りをするだけだと言って咎（とが）められる。しかし、ミシェル・ド・ロピタルは、人間を救う筈の宗教が原因で人間同士が殺し合いをする愚劣を知って居り、キリスト教の人間化を体得した最初の一人である。そして、自分も含めてあらゆる人間が、うまく世を渡れるようにと念願をしただけなのである。あらゆる人間がうまく世渡りができることを願うのがなぜいけないのであろうか？ その上、「世渡り」などという変な匂いのする言葉を、僕は、わざとここで使っていることも判ってほしい。ド・ロピタルのような態度に対して、狡猾とか卑怯とか曖昧とかいう罵声が加えられたが、それは見当違いである。彼は、周囲の人々よりも、一段と高いところに居り、別な次元を獲得していたにすぎないのである。

ミシェル・ド・ロピタルの友人としても知られているミシェル・ド・モンテーニュは、自分と異った思想を持った相手を抹殺することは、むしろ、その思想を生かすことになるという秘密を知っていたことは、第一に指摘されてよかろう。また、彼が「良い野蛮人」の概念を取りあげ、（例えば『エセー』第一巻第三十一章、第三巻第六章）

キリスト教万能思想に亀裂を加え、キリスト教の人間化と進展とに寄与したことも注目されねばならない。異教的なモンテーニュが、キリスト教に与えた反省のなかには、後年パスカルによって反駁されるものもあったにせよ、全体として、それまでのキリスト教に見られた酷薄さと狂信とを緩和させる道も含まれていたと言ってもよいのではあるまいか？　異教的ローマ社会がキリスト教に対して犯した罪の責任は、異教的キリスト教徒モンテーニュによって解除されようとしたかもしれないのである。当時海外の植民地開拓が目的で出発したキリスト教徒が、偶像を崇拝する無智な土着民よりも、はるかに残忍であり、信義を重んぜず、倫理的にも劣る行為に出ているという報告は、宗教的相対観の発生を促し、心あるキリスト教徒に深い衝動を与えた筈である。キリストの神を信ぜぬ以上天国に行けないとすれば、海外の土民たちは、たとえキリスト教徒よりもはるかに善良であり倫理的であっても、天国へ行けないことになるし、土民を欺き、あらゆる非行を働いたキリスト教徒は、贖罪符を買えば天国へ行ける可能性を持てることになる。純真なキリスト教徒の心に投げ入れられたこうした反省は、重大なものを含んでいる。

更にモンテーニュがキリスト教に寛容の心を眼醒ませたのは、その逞しい懐疑主義の故であろう。例えば、次の有名な言葉はどうであろうか？

「(真理を求めて) 狩り立て追い求めることが、正に我々の役目である。この役目を下手にまた不適当にやったら言訳けが立たなくなる。(真理を) 捕えられないとしても、それは別問題だ。なぜなら、我々は真理を求め続けるように生れついているのだから。」(第三巻第八章)

こうした考え一般は、寛容精神の噴出孔のように思われてならないのである。モンテーニュから見れば、不寛容こそ、人間の役目を下手に不適当に行うことに外ならず、言訳けが立たぬ行為なのである。

現在、特殊な地域を除き、所謂(いわゆる)文明国では、いかなる宗教も不寛容ではないし、宗教の故に死闘は行われていない。別言すれば、宗教は人間の内心へ正しく置かれたからであるが、それは、無力らしくても必ずなければならない寛容精神の功徳以外の何ものでもあるまい。

人間を対峙せしめる様々な口実・信念・思想があるわけであるが、そのいずれでも、寛容精神によって克服されないわけはない。そして、不寛容に報いるに不寛容を以てすることは、寛容の自殺であり、不寛容を肥大させるにすぎないのであるし、たとえ不寛容的暴力に圧倒されるかもしれない寛容も、個人の生命を乗り越えて、必ず人間とともに歩み続けるであろう、と僕は思っている。『世界』七月号に、都留重人氏が『学問の自由を求めて』という傾聴すべき論考を発表して居られたが、そのなかで特に感銘の深かったのは、二人のアメリカ人の言葉である。一人は、最高裁判所判事のオリヴァー・ウェンデル・ホームズという人で、一九二九年に、ロジカ・シュウィンマー事件という裁判において、その判決文中に次のような文章を綴っているのである。

「我々と同じ意見を持っている者のための思想の自由ではなしに、我々の憎む思想のためにも自由を与えることが大事である。」(傍点は都留氏による。)

もう一つは、これまた現在アメリカ最高裁判所判事ロバート・ジャクソンが、バーネット事件の折に下した判決文の一節である。

「反対意見を強制的に抹殺しようとする者は、間もなく、あらゆる異端者を抹殺せざるを得ない立場に立つこととなろう。強制的に意見を劃一化することは、墓場における意見一致を勝ちとることでしかない。しかも異った意見を持つことの自由は、些細なことについてのみであってはならない。それだけなら、それは自由の影でしかない。自由の本質的テストは、現存制度の核心に触れるような事柄について異った意見を持ち得るかいなかにかかっている」（傍点は筆者。）

僕は、この二人のアメリカ人の名前を一度も聞いたことがなく、特に著書を沢山残して、思想界に寄与している人物かどうかも知らない。僕にとって、この二人は、いわば「無名の人」の大群に属する。そして、このことは極めて僕を慰撫激励してくれる。即ち、寛容は、数人の英雄や有名人よりも、多くの平凡で温良な市民の味方であることを再び感じるからである。そして、寛容は寛容によってのみ護らるべきであり、決して不寛容によって護らるべきでないという気持を強められる。よしそのために個人の生命が不寛容によって奪われることがあるとしても、寛容は結局は不寛容に勝つに違いないし、我々の生命は、そのために燃焼されてもやむを得ぬし、快いと思わねばなるまい。その上、寛容な人々の増加は、必ず不寛容の暴力の発作を薄め且つ柔らげるに違いない。不寛容によって寛容を守ろうとする態度は、むしろ相手の不寛容を更にけわしくするだけであると、僕は考えている。その点、僕は楽観的である。ただ一つ心配なことは、手っとり早く、容易であり、壮烈であり、男らしいように見える不寛容のほうが、忍苦を要し、困難で、卑怯にも見え、女々しく思われる寛容よりも、はるかに魅力があり、「詩的」でもあり、生甲斐をも感じさせる場合も多いということである。あたかも戦争のほうが、平和よりも楽であると同じように。

だがしかし、僕は、人間の想像力と利害打算とを信ずる。人間が想像力を増し、更に高度な利害打算に長ずるようになれば、否応なしに、寛容のほうを選ぶようになるだろうとも思っている。僕は、ここでもわざと、利害打算という思わしくない言葉を用いる。

初めから結論がきまっていたのである。現実には不寛容が厳然として存在する。しかし、我々は、それを激化せしめぬように努力しなければならない。争うべからざることのために争ったということを後になって悟っても、その間に倒れた犠牲は生きかえってはこない。歴史の与える教訓は数々あろうが、我々人間が常に危険な獣であるが故に、それを反省し、我々の作ったものの奴隷や機械にならぬように務めることにより、肇めて、人間の進展も幸福も、より少い犠牲によって勝ち取られるだろうということも考えられてよい筈である。歴史は繰返す、と言われる。だからこそ、我々は用心せねばならぬのである。しかし、歴史は繰返すと称して、聖バルトロメオの犠牲を何度も出すべきだと言う人があるならば、またそういう人々の数が多いのであるならば、僕は何も言いたくない。しかし、そんな筈はなかろう。そんな愚劣なことはある筈はなかろう。また、そうあってはならぬのである。（1951）

新卒業生の一人への手紙

わざわざお手紙ありがとう。かねてからの御志望通りのところへ無事就職されて、ほんとうに結構でした。僕の書いた推薦状などは、かえってお邪魔になるのじゃないかと、実は心配していたのです。お礼などいわれると、恐縮してしまいます。おかげさまで、僕の書いた推薦状が有害であるとは限らないことが若干実証されたような気もし、こちらからお礼を言いたいくらいです。それはともかくとして、御老母もさぞ御安心のことでしょう。

君は、大学院へ進むだけの資力がなく、家族を養わねばならぬので就職されたことを、若干情けながっておられますね。僕もこれには同情します。いまでこそ言いますけれど、君は大学院を受験されても、立派にパスされるだけの学力はもっていました。しかし、あと五年間学校で研究を続けられることは、全く不可能なことが火をみるよりも明らかだというので、君は、就職を決意されたのでした。御老母や弟妹の方々に対する責任を果さねばならぬというので、いわば「アカデミックな学問」は棄てられたのでした。そして、学問に対して深い執着をもった君の心事が僕にも判るだけに、君の決意を尊く思います。親しい人々を犠牲にしてまで、学問はやられるべきかどうかということになりますと、僕は、それまでにして学問をやる必要は全然ないと、いわざるを得ないのです。これは曲りなりにでも学問をやっていることになっており、名ばかりかもしれませんが「大学教授」になっている僕の発言としては、けしからぬものといわれるかもしれませんし、このような発言をすることは、僕がしょせん、学問をやっておらず、「大学教授」たるの資格をもっていないことを証明するのかもしれません。これに対しては、一言も抗弁いたしますまい。しかし、一個の人間ないし市民として、僕は常に、以上のように考えています。しかし、このような条件内で、各人ができるだけのことをしてこそ、日本文化のピラッミッドの基盤は、広くなり、したがって、いずれ空にそびえる尖端は、万人の仰ぐものとなるのだと思っています。いかなる立派な思想でも、いかなる高遠な学理でも、それを下から支える基盤がなければ、所詮浮きあがり、いわゆる根なし草になってしまいます。

僕は、幸いにして、（あるいは不幸にして、）いまだに学問めいたことをこつこつやりつづけられる環境におりますけれども、年々歳々、学問の道がいかに遠いかということを、自分の力の薄く弱いことと、己の生命に限りがあることと、雑事のために圧倒される量が多くなりつつあることなどのために、僕のできることの範囲・限界は、ことごとにはっきりしてくるようになりました。したがって、できるだけのことをすることはもちろんですが、後進の有為な方々に、（君もその一人だったのですが、）バトンを渡して、一歩でも前進してもらう以外には道はなく、そのためならば、棄石であろうと、しんばり棒であろうと、踏台であろうと、何にでもなるという気持でいます。友人や後輩が、僕のできなかったことを見事にやりとげてくれたのを見るくらい、うれしいことはないからです。

君にしても同様かと思います。いや、同様に考えてもらいたいのです。目的は、日本全体の向上にあります。湯川博士は、えらい方に違いありませんが、同博士を支える基盤として、同博士に劣らぬ多くの学者がおられ、それがにこにこしながら、同博士の事業を見守り、それに声援を与えておられることをも忘れてはなりますまい。

君は、学問を棄てて、社員となられました。それでもいいではありませんか？　君のような人が××社にいることは、××社をよくすることですし、ひいては、君から見て、これぞと思う人々を成長させ完成させるための基盤が一つできることになるからです。こんなことを記しますと、君は、僕が君を慰めようとして、一所懸命になっているなどと思うかもしれません。しかし、決して、君を慰めようなどとは思っていません。

いろいろな制度が世のなかにありますが、問題は常に、よい人間がその制度を活用するか、悪い人間（或は、半狂人）が、その制度を悪用するか（或は、制度に頤使されて、その機械になるか）ということにあるのだと思って下さい。

学問は、人間のためにあります。人間が学問のためにあるのではありますまい。君は、御一家の生活のために、学問をすてたのです。それでよいと思います。しかし、経済的に恵まれた人々が大学院にはいり、ゆうゆうと研究をつづけてゆくことに対して、下らぬ嫉妬は、決して抱いてはいけません。「いいなあ」と羨ましがるのは当然でしょうが、不平不満を持ってはいけません。そういう人々の研究や事業が、この日本で根なし草になるかならないかは、むしろ、甘んじて土壌や肥料になろうとする君のような人々がいるかいないかにかかっているのです。

僕としては、現在行われている大学院制度に対しては、多大の疑問と不安を抱いています。しかし、これは、別問題ですから、ここではふれますまい。また、大学院の学生となり、ゆくゆくは、修士（バチェラー）となり博士（ドクター）となる人々に対して忠言ないし老婆心的勧告をしたいと思う点も多々ありますが、それについても、今のところは、何も申しますまい。ただ、君のような人々がいない限り、修士も博士も、形而下学（フィジックス）のない形而上学（メタフィジック）にしかならぬとは申したいのです。

この点は、よくよくお判り下さい。僕は、君を慰めているのではない。君を励まし、君に頼んでいるのです。

君は、「アカデミックな学問」はやり通せないにしても、文学は棄てない、といわれましたね。これはよいことです。文学とは、人間学のことでしょう。君が、勤務の余暇を盗んで、小説や詩や評論や劇を作る作らぬは問題でありません。

問題なのは、××社員として、暮らしてゆくうちに、君が、いつまで、人間や人生に対する若々しい感動や疑問や悲哀や歓喜を持ち続けられるかということです。別言すれば、いつまで君が、悪く悟らないでいられるかということです。恐らく、人生や人間に対する悟りとは、言語を絶する凄惨な諦観と、これを超えた人間人生に対する涙に充ちた歓喜かもしれません。(僕は悟れないから、悟達の人の心境を想像したまでのことです。) 悪く悟ることは、文学を棄てることです。そして、会社員になった君が、いつまでも、文学を棄てまいと志すことは、大学院の試験などよりも、はるかにむつかしい選抜試験に応募したことになるということを言いたいのです。

中学から大学を卒業するまでの間に、僕は、文芸や人生を談じた同輩を多数持っていたわけですが、年を重ねるとともに、その数が減じ、むしろ、文芸や人生を語ることを青臭いことのように断じ、悪く悟ってしまった人々の数が刻々と多くなってきています。十人の文学少年のうち、何人の文学青年が残り、またそのなかから何人の文学壮年・老年が残りますか？　創作の有無は問題にしないことにします。これは前にも記した通りです。（有名な学者よりもさらに立派な真の学者が無名人のなかにいるごとく、有名な文学者よりもさらに立派な真の文学を体している無名な文学者がいるものです。）

君が、××社員として身を持ちくずす場合には、君は、人間や人生を悪く悟ったときのことですし、そういう結果になることは、非常に多い筈です。僕は、文学者だけが、人間の名に価する真の人間だなどとは申しません。しかし、真の文学者のなかにこそ、真の人間の概念は守られており、それをわれわれが見失うとき、われわれは、無慚な「蟻」になるというふうに考えています。

ですから、君には、ぜひ、君の抱いた志を守りつづけてほしいと思いますし、これは、君のもとの学友たちが大学院へはいり、高遠な研究をし、しかも、その研究が根なし草にならぬようにするために、君が覚悟せねばならない責務よりも、さらに重大な責務があることを暗示しているわけです。君は、落伍してはいけません。「人間」を守るための努力を放棄してはいけません。しかし、これは、僕が何をいおうと、どうにもならぬことです。君の今後の行動、君の真の実力にかかっていることなのです。

僕は、この世のなかが、機械のような秀才や、機械のような超人よりも、人間らしい人間、誤りを正直に自覚し、迷いつつも進み、人生に苦しみ、この人生に愛想をつかしても、なおも、人生を惜しみ、これを愛し、人間は人間の作ったものの機械や奴隷になってはならない、と常に自戒できるような弱い人間たちで占められていたほうが、よいのだと固く信じています。判ってください。

君に創作や評論や詩を書く才能があったら書くでしょう。それは、むしろ、どうでもよいことです。それよりも、人間らしい心根を、文学を棄てぬことによって守りつづけることが大切ですし、これは、一朝一夕のことではなしとげられない大事業です。世のなかが、明治大正時代よりも、はるかに酷薄になってきている以上、なおさらのことです。これは十分に覚悟していてください。そして、この道における落伍は、当人も自覚せず、他人に指摘されることもなしに、ずるずると、静かに行われてゆくことも覚悟していてください。

君は、学生時代が一番幸福だったというふうに考えられるようになりかけた、と言いましたね。そういうふうにも考えられますけれど、それは平凡な、つまらぬ感想ですよ。君の真の幸福感は、君が無事に、君の志を守りとおし尽して、死の床に横わったときにしかないだろうと、あえて言わせてもらいます。

ジョルジュ・デュアメルが、かつて、文学志望の青年に向い、何でもよいから職業につき、いろいろな人間に接し、人生のいろいろな姿を見て、よく考えなさい。そのうちに、作品は、もし生れるものだったら生れるでしょうというような意味のことをいっています。学校の研究室は、一種の温室です。社会は、街頭であり野原です。そこで花を咲かせ実をみのらせることは、ずいぶんむずかしいことです。これは覚悟してください。

これからいろいろな人間に接触されるでしょうし、人間というものがいやになってしまうような経験を重ねられるかもしれません。しかしまた、自らが獣や機械になりやすい存在だということをはっきり自覚している人間もいることを感じられるのでしょう。

急いでお返事を書きましたので、はたしてお返事になっているかどうかも疑問です。

今週末には、少し暇になります。遊びにきて下さい。その節ゆっくりお話をしましょう。（avril 1954）

立ちどころに太陽は消えるであろう

真珠湾攻撃の報が、ある晴れた朝、日本全国へ伝えられ、飛行機から撮影した写真が一斉に新聞紙上へ掲げられた時、ある有名な批評家は、その写真の美しさを讃えました。もちろん、その批評家は、真珠湾攻撃を肯定し、絶讃していたのではないのでしょうが、真珠湾攻撃という現実から抽象された一場面に美を感じたのです。僕は、むしろ、抽象された一場面から、逆に、破壊された家々、引き裂かれた人間……などを連想しましたので、美を感ずる前に、恐怖を感じました。しかし、この批評家の印象は判らなくもありません。だから、この批評家の印象が間違っていると申すつもりもありませんし、いけないなどと言う気持もありません。僕は、烈しい爆撃中に、なかば阿呆のような精神状態になって、劫火に赤々と照らし出されたB29の姿を、美しいと思ったこともあるのですから、いたし方ありません。人間というものは、あらゆるところに「美」を求めるだけの余裕があるものなのでしょうか？　他人を斬りながら、相手の苦悶する表情や、ぱくりとあいた傷口に、美を感ずる場合もあるかもしれません。ただ僕には、こうした余裕があまりなく、動物のような脆弱単純な反射作用だけしかないせいか、この種のものに、あまり美は感じられません。B29を美しいと思ったのも、いわば、恐怖のために精神機能が一部休止せしめられ、余裕めいたもの（ほんとうの余裕ではなく）が生じ、この結果、美しいと思ったのでしょう。ですから、戦場の美しさ、破壊の美しさ、殺戮の美しさなどを説く人々がおられるのも判らぬこともないのですが、弱虫の僕は、それが判っても、美しさ以外のものを連想するほうが多くて、この種のいかなる美しい場面を見せられても、なかなか美しいとは思えないのです。美しいと思う前に、こわくてぶるぶるふるえます。

先日、エニウェトク環礁で行われた水爆実験の映画を見ましたが、同行の友人が、もくもくもりあがる原子雲を眺めながら、「こりゃ、叙事詩の一節だな」と言いましたが、僕は、叙事詩どころか、ひどくいやなもの、醜いもの、われわれ人間の責任にからまる恐怖すべきものを、真先に感じて、文字通り慄然としてしまいました。同行の友人は、けっして戦争謳歌をする男ではなく、平和を愛し、軍備のおもむくところについて、僕などよりも、はっきりした意見を持っている人なのですから、もちろん、原爆などは、人間の不幸になる外に意味はないと痛論しているのですが、「叙事詩の一節」という文句を、ふと使っている以上、何か一種の美しさを感じたに違いないのです。あるいは、彼の恐怖をこうした文学的な、美しい（!?）表現で表わしたのかもしれません。僕は、全然だめでした。実験後、エルゲラブ島のあった海原が、何事もなかったかのように、小波を浮べて、太陽に照らされている静かな姿となって、スクリーンへ現れた時、思わず涙が出そうになりました。心のなかでは、僕をも、もちろんふくめての人間の全体の無責任・無関心・無反省への恐怖が石ころのように固く、つめたく、しこりのようになっていました。あの美しい（!!）静かな海原の姿は、これらの無責任・無関心・無反省を、全く闇へ葬り去ろうとしているようにも思われ、人間のみじめさ、弱さ（ほんとうの）を如実に見せつけられたように感じ、涙が出そうになったのです。

エニウェトクに次いでビキニで水爆実験が行われ、その結果、海水や魚類が汚染して、今でも、いろいろな被害が伝えられていますが、もうこうなると、人間が生きても死んでもそれはどうでもよく、ただ美しければよい、などとは言っていられないことになったような気がします。いや、現在でも、ただ美しければよいと考える人々がいるでしょうけれど、今後は、そう考えないようにお願いせねばならなくなったのではないかと思っています。大袈裟に言えば、虚無と現実とのいずれかを、人間は選ばねばならぬような岐路に置かれてしまったのではないでしょうか？　いかなる富も、いかなる美も、虚無の世界では——人間意識のない世界では、——存在することにはなりません。しかも富のため、富を守るため、美のため、美を守るため、虚無へまっしぐらに進む道を歩くとは、人間の無反省・無責任・無関心の最たるものですし、これ以上、想像力の貧しさを証明するものもありませんし、これ以上、愚劣なこともありません。しかし事実は、こういう道を人間という羊の群は、静々と歩いているようですし、これを批判する人々は、「赤」であり、「非人間」であるとも言われています。僕はその逆であり、人間という羊の群を、こうした危険な道へ導く人々こそ、「赤」であり、「非人間」であると思います。「赤」とは、乱暴を働く人間の別称と心得ますから。「美」のために、「私利」のために他の人間を消滅に導くのは「非人間的」と信じますから。

原子力兵器は、第二次大戦中に、各国で研究されていたようですし、ナチ・ドイツが、これを用いかけたのを、アメリカが先を越してしまったとも聞いています。僕は、科学の進歩をこの上もなく尊く思います。いろいろな新薬品の発明などによって、人間の死亡率が減少してゆくということは、素晴らしいとも思いますが、この反面、しかも人口問題の皮肉な解決策であるかのように、巨大な殺戮方法・破壊方法が案出されてきたことは、困ったものだと思います。原子力の獲得は、人間の勝利に違いありません。人間がプロメテウスになったことになるわけです。しかし、原子爆弾水素爆弾の発見の結果、こうした恐ろしい力を手にした人間が、自分自身が直接強大になったものと過信し、人間らしい談合や反省やを忘れて、己の主張のみを是が非でも通そう、己の利益だけをどうしても守ろうとして、こうした恐ろしい力を発動させようとすることは非常に危険なことでしょう。幸い理性的な人々がまだ多い間は、実験程度ですみますが、制度の歯車のなかへまきこまれ、理性的な反省を持ち得ぬような人々の数が増大し、人間こそ――自分でもやれるという驕慢な心がのさばり出た時、最大の不幸が起るに相違ありません。

金をもうけるために、原爆や水爆を作るということ自身が、実に変なことなので、火を消すために石油をぶっかけようとするのと同じく、トンチンカンなことなのですが、それがなかなか判りません。この愚劣さは、巨大な実験所、精密な計算……などというわれわれの日常生活とは縁の遠い、しかも、堂々とした姿のため、蔽いかくされていると言ってもよいでしょう。何千何百かの家族の人々は、こうした殺戮兵器の製造・発明のために、生活の保証を与えられ、楽しく部分品を作っています。こうした悲しさは、直ちに除き去られないことは判っていましても、はっきりと指示されねばなりますまい。そして、人間は、自分の作ったものの奴隷になる時、嬉々として、とんでもない非行も犯すということを、何度も何度も、言わねばなりますまい。これはいわゆる「死の商人」と言われる人々の愚劣さと、「死の商人」から給料をもらって楽しく部分品を作っている何万人もの人々の悲しい身分とを、この地上からなくなしてしまいたいという願いから発するものです。

イギリス映画で、『恐怖の七日間』というのがありましたが、一人の原子学者が、自分の作った爆弾が用いられることを恐れ、政府に向って、一週間内に原子兵器廃止を決定公表しない限り、自分は爆弾を抱いて、ロンドン市を全部破壊すると通告して、姿をくらましてしまうのです。映画は、それからの恐怖の時間を克明に描きますが、結局、約束（？）の時刻寸前に、その学者の居所が判り、爆弾は押収され、不幸は食い止められるのです。そして、その学者は、追跡してきた兵士に射殺されます。さらに大きな不幸を避けようとする善意のためやむを得ず、別な不幸を起そうとした主人公の学者の心根は、実に痛切に判るようにも思いました。この学者としては、ああして原子兵器の禁止を要求する以外に手がなかったのかもしれません。政府の役人に、文書や口頭で何を上申してもどうにもならず、歯車は静かにまわってゆく以上、あのように狂的だと思われるような行為に出てしまったわけなのです。僕は、この学者の行為を、是認肯定するのでは決してないのです。ただ、気持がよく判ると申しているのですし、これに類したことが、良心のある学者には、大なり小なり、何かの形で起り得ると思っています。僕は、最後の場面で、学者が教会から走り出ようとした時、人騒がせをした彼に対する憎悪の表情を顔一杯に浮べながら、一人の兵士が銃をかまえ、射撃してしまうところを忘れられません。映画の進むとともに、スリルを感じつつ、爆発の行われないようにと祈っていた僕は、この兵士の表情に半ば同感もしました。しかし、この憎悪の表情が、良心的すぎるために狂的な行為に出た例の学者に対するもののみであってはならず、原子兵器の製造や、それの使用、そのものに対するものにもなってほしいと、つくづく思ったのです。

映画や講談などで、よく追いつめられた悪漢が、死なば諸とも、冥途の道づれにしてくれるぞと、爆弾をふりあげて、追跡者を脅かす場面があります。先述の学者の場合は、少々事情が違いますけれど、一体全体、爆弾などという物騒なものを持っている人間は、とかく、このような行為に出やすいものではあるまいかと考えます。やぶれかぶれにならないまでも、自分自身の力が実際以上に強くなったと思いこんで、強引な主張をしながら爆弾を持っていることをほのめかしますし、やぶれかぶれになったら、それこそ「死なば諸とも」という事態を招来しかねますまい。

原子爆弾や水素爆弾や窒素爆弾などを、相対峙する強国が持っているということは、もはや、今後大規模な戦争は行われ得ないという結果になると説く人々もいますし、僕もそう希望します。しかし、人間は自分の作ったものの奴隷になり易いものですし、想像力の貧しいものですし、その上、ノーマルな人間の数がアブノーマルな人間よりも多いという証明がない以上、非常に危険な事態が、目下われわれの周囲にあるのだと思わざるを得ません。

あの温厚な湯川博士ですら、科学と政治について発言されましたし、学術会議では、朝永博士も藤岡博士も原子兵器の製造に従事することを科学者として拒否する旨を公表されました。これらの報知は、日本の一流の科学者たちが人間としての道をよく弁（わきま）え、この非常に危険な時代への反省を十分にしておられる証拠になると思い、うれしく感じました。それに反して、オッペンハイマー教授の追放事件のごときは、詳細な報道がない以上何とも申せませんけれど、何か非人間的な、好ましくないものを感じさせます。日本としてなし得ること、いや、ぜひせねばならぬことは、湯川博士・朝永博士・藤岡博士らの態度を、あらゆる方面で実践し主張することでしょう。アメリカとの平和条約・安保条約・ＭＳＡ……と、日本の軍国化は、事実として、眼前にありますけれども、原子兵器の使用禁止・反対を行い、これの実践を世界の人々に要求するくらいの自由は、まだあるのではないかと思います。戦争放棄という理想を抱いた日本国は、世界で一番美しい道を歩み始めたのでした。現在、軍備を整えるように事態は変化いたしましても、歩み始めた美しい道を逆もどりする必要はありませんし、原子兵器の使用禁止というところからあらたに歩き始める足どりは、もっと確実なものになるでしょう。なぜならば、原子兵器の禁止という要求こそ、戦争はもうかるように見えてもうかるものではなく、実に愚劣極まるものだということ、さらに、今後の戦争は、どたん場で原子兵器という切り札がある以上、共倒れになるのだということを、世界の人々によく反省させるものだと思うからです。

広島の上空で世界第一番目の原子爆弾が破裂し、日本が降伏した時、Ｊ・Ｐ・サルトルは、次のようなことを書いていました。大意のみを述べてみましょう。

……今後、毎朝毎朝、人間は、今日も、自分の責任で生きてゆかねばならぬということを自覚せねばなるまい。自分の掌中に、自分の生命、存在を握るようになったのだ。そして、今後、人類が生き続けるとしたら、それは、今まで人類が生きてきたから、その惰性で生き続けるのではなしに、今後も生き続けようという意志であるからこそ生き続けることになるのだ。人間は、己自身に責任を持たねばならなくなった。原子爆弾のようなものを、今後、誰が手のなかに収めることになるか判らないが、仮に、それがヒットラーのような人間であるにしても、それすら、われわれの責任になるだろう……と。

広島や長崎へ落された原子爆弾よりも、はるかに性能の強い水素や窒素やの爆弾が作られ、その恐ろしい実験の結果が、如実に、われわれの生活にひびいてくる時、サルトルの言葉は、再び新しい意味を持って甦ってきます。

……もしわれわれに生き続ける意志があるのならば……云々と。

少し前の条（くだり）に、ノーマルな人間の数がアブノーマルな人々の数よりも多いという証拠がない……、というようなことを書きましたが、しばらく前から、僕は、本物で完全な狂人のほうが、三分の一、五分の一狂人の紳士淑女よりも、はるかに好ましいとつくづく思うようになっていることとも結びつくのです。本物で完全な狂人ならば、よく眼につきますし、すぐに危険だということも判りますから、隔離できますけれど、三分の一、四分の一、五分の一狂人の人々は、その狂いがなかなか判らぬのです。僕自身のことはあえて棚上げにして申しますが、平素つき合っている人々のなかにも、その時論じ合っていた問題の三分の二、四分の三、五分の四内では、全くノーマルでも、三分の一、四分の一、五分の一の部分に話がはいると、何か狂ったところを感じさせ、弱気な僕は、あっけにとられたり、びっくりしたり、恐ろしくなったりして、もはや、つき合えなくなる例がかなりあります。こういう準狂人は、比較的ノーマルな三分の二、四分の三、五分の四の世界でつき合っている限りでは、実に立派な紳士淑女であるため、決して準狂人だなどとは考えられず、見のがされてしまいます。ですから、僕は、人ごみへはいったり、にぎやかな大通りなどへ出たりしますと、一種不可思議な戦慄を覚えるのです。準狂人が紳士淑女面をして歩いているような気がするからです。(もう一度繰返しますが、僕自身のことは棚上げにして話をしているのです。)

世のなかで、権力を握り、自己に対する疑いや不安も持たず、白は黒であり黒は白であると平然として言いくるめる人々は、皆、準狂人中の代表的人物ではないかと思います。見たところは紳士であり淑女でしょうし、一応の礼儀も作法も心得ているらしく思われますが、大事な一点、自分は何をしているのか？　自分は何によって動かされているのか？　自分の行為は結末としていかなることになるのか？　人間というものは自分の作ったものの奴隷になり易いものではないか？　――という反省は全くないのです。

ヒットラーのような人々に、原子爆弾を渡すことになっても、そのこと自身が、われわれの責任になるというサルトルの言葉は、実に深刻なのです。僕は、議会制度を大切に思います。そして、議会で決議されたことは、どんなことであろうと、その修正要求は別といたしましても、一応認めねばならぬものと思います。なぜならば、いかに愚劣な議会でも、結局はわれわれが選んだ人々によって構成されているのであり、いかなる滑稽な議会でも、その成立はわれわれの責任であります。たとえ、ヒットラー的準狂人たちによって充（みた）された議会ができましても、それすら、われわれの責任です。原子爆弾のようなものをその掌中に托する人々を選ぶのも、われわれの責任です。これは、何度言っても言いすぎでないことでしょうし、今後も言わねばならぬことです。そして、今後、権力につく人々には、準狂人を選んではならぬということを、特に記さねばなりますまい。

ジョルジュ・デュアメルが、ユマニスムの新しい定義をした時、「生物学研究」をこれに加えたことは、何度も、僕は雑文に記しました。生物としての人間、自動人形になりやすい人間、細菌のために変質され易い人間、集団になると別個の人格（心理）を持つようになる人間、自分の行為の口実はいくらでも作れる人間、最大と最小との両極限間につりさげられている中途半端な人間、制度や思想や機械などの奴隷になり易い人間、……生物としての人間の諸相を十分に考えることが、人間をして常に人間らしい道を反省探究する困難な道（ユマニスム）に新たに加えられた条件になるのでしょう。自分が機械になりやすく動物性を発揮しやすい危険な生物であるということを常に反省でき、日夜自分につきまとう不安を見つめられる人々のみが、ノーマルな人間と言えるのではないでしょうか？　準狂人中で、もはや治療できない人々は別としても、われわれの平常の営みで、ノーマルな人間の自覚と責任とを一人でも二人でも多くの人々に認知してもらうことは必要なことですし、かくして、ノーマルな人々の数は少しずつ多くなるかも知れません。僕は、今後、不幸にして、戦乱のようなものが起ったら、全く狂人どもの妄動と考えて、逃げまわりましょう。そして、狂人どもが、原爆や水爆を破裂させたら……すべてノーマルな人間どもの数が少く、努力が足らず、こうした事態の責任があるのだと思って死ぬことでしょう。しかし、まだそこまで行っていないのです。原爆を、ヒットラーのような人々の手には渡してはならないのですし、ヒットラーのような人々が沢山いる以上は、原子兵器は、作ってはならず、その使用も禁止されねばならぬはずです。

美しい花、美しい絵、美しい音楽を見聞する度ごとに、近頃、何となく涙が出てきます。フランス語でLa vie est belle（人生は美しい）という常用語がありますが、事実は、その逆であり、むしろ、醜さと愚かさとに充ちています。時折、醜さと愚かさとの間に幻のような美しいものが見えたり聞えたりして、われわれを静かに慰めてくれるのです。ですからラ・ヴィ・エ・ベルという言い方は、つぶやけばつぶやくほど、悲しい言葉にもなります。しかし、われわれがわれわれ自身に責任を持ち、ノーマルたらんと努力すれば、人生は美しくもなり得ます。つまり、La vie *peut* être belle（ラ・ヴィ・プー・テートル・ベル）になるのです。そして、われわれは、さらに、人生を美しくあらせねばならない以上、La vie *doit* être belle（ラ・ヴィ・ドワ・テートル・ベル）ある以上、落ちついてわれわれの不安を克服し、準狂人の減少と、ノーマルな人間をふやそうとする努力を棄ててはなりますまい。

先日、ある本を開きましたら、ウイリヤム・ブレークの「もし太陽が疑ったら、すぐさま消え去るだろう」という句にぶつかりました。何もわれわれを太陽にたとえる必要はないかもしれませんが、もしわれわれが人間に対する絶望のみに充されたら、われわれは消えさる前に消しさられることになるだろうとは思います。

隣家の子供のエプロンをかけた可愛らしい姿が、窓から見えます。子供の脚もとの花壇には青い花が咲いています。小鳥も鳴いています。また、ふと涙が出そうになりました。この年になって、こんなセンチメンタルな気持になるのは、変なことです。僕こそ準狂人になりかけたのでしょうか？（mai 1954）

老醜談義

いつの間にか、「老醜」という字にこだわるようになりました。そして、この熟語の由来を辞典で調べてみますと、「此老醜而誘彼以美少」（福恵全書・刑名部・姦情）という漢書から出ているとありました。この漢文の意味は、おそらく、「こんな老いて醜くなっているのに、この人は、よくないこと（つまらぬこと・けしからぬこと）で他人を惑わす」というようなことらしく思われます。「じいさんのくせに悪いことをする」という意味なのでしょうか？　この例文は清朝頃のものですが、中国では、すでに竹林の七賢人の一人の阮籍も「老醜」という字を使っているようですし、唐時代の大詩人杜甫も同様です。杜甫の『述懐』という詩のなかで、「親故傷老醜」とあります。浪々の旅を終えて、ようやく親しい人々の住むところへ辿りついた詩人は、「友人や知人たちが年老いて見る影もなくなった自分を傷んでくれる」と唱っているわけです。いずれにせよ、「老醜」という熟語は、歴とした素性を持っていることになりますが、だいたいのところ、年をとって肉体が衰えて醜くなることを表わしているように思われます。

老人になりますと、たしかに「老醜」になります。いくら「品の良いおじいさん・おばあさん」と申しましても、「品の良い」という形容詞は、お世辞に近いかもしれず、結局のところ、「老醜」が老醜なりに何とかまとまっている場合に、辛うじて「品が良い」とか言われるものかもしれません。僕の子供たちが慎み深くて、思いやりがあるせいか、僕自身は、まだ、そんな目に会って居りませんが、僕とほぼ同年輩の友人たちのなかには、「子供にじいさんの匂いがすると言っていやがられる」と言って悲観する者も居ります。事実、僕も、子供の時に、祖父の側へゆくと、ふけか垢のような奇妙な体臭――「老醜」ならぬ「老臭」――を嗅いだ覚えがあります。あの時、祖父は何歳ぐらいでしたでしょう？　今の僕とあまり齢が違わなかったのではないか？　いや、もっと若かったかもしれない？……と考えますと、計算すれば判る祖父の年齢を突きとめようとする勇気もなくなります。老人は、お世辞でもよろしいから、「品の良い」という、ほんとうは無意味な形容詞をつけてもらうように「老謹」するより外（ほか）にいたし方ありますまい。今「老謹」と記しましたが、この熟語も、歴とした由来のものらしく、「老いて慎しみ深く慎重なこと」の義です。

「老醜」を「品良く」するためには、老人の身だしなみというものがあるのかもしれませんが、「おしゃれな」老人というものも、これまた、みじめな感じがいたさぬでもありません。しかし、自らの「老醜」を自覚した老人の悪あがきとして、大目に見てほしいような気もいたします。なんとも憐れな老人の世界と申さねばなりますまい。

僕自身は、まさに「老醜」の身ですが、「おしゃれな老人」と思われるのがいやさに、――これは裏返しにしたおしゃれ心なのかもしれませんが――進んでおしゃれをしたり、身だしなみに熱意を示すことはないつもりです。それは、長年連れ添ってくれている老妻が、僕の知らぬ間に、或（あるい）は僕の意志を無視して、身のまわりのものに注意してくれているからでもあります。僕自身で洋服地を選ぶこともありませんし、僕自らネクタイを買うこともありません。つまり、我が老妻といえども、煎じつめれば、他人であり、その良人（おっと）である僕を眺める側の人間ですが、幸いなことに、彼女は、僕の敵ではなく味方であり、長年いわゆるリモート・コントローラーで僕を動かしてきた一家の中心人物ですから、僕のためを思わぬ筈はありません。したがって、僕の「老醜」がすこしでも「品良く」なるようにと、色々配慮してくれているのに違いありません。ですから「老獪」な僕は、ほんとうは年甲斐もなくおしゃれをしたがっているのかもしれませんが、そしらぬ顔をして、一切合財を老妻にまかせて、「おしゃれじいさん」と呼ばれなくてすむように、わざと身なりはかまわぬふりをしているのかもしれません。これまた、なんとも言えぬみじめな老人の世界です。

　肉体上の「老醜」は、明らかに目に見えるものですから、隠しようもなく、他人の邪魔にならぬ限り、「老醜」ならざる人々の無言の憐れみやいたわりを受けるもののようです。さらにまた、老人は、体がきかなくなってしまった場合は別として、そういつも鏡を見てみるわけでもありますまいから、だいたいが自分の肉体的「老醜」を見つめ続けては居らず、他人の思いやりに包まれている場合には、自らの「老醜」を一時忘れることもありえます。したがって、肉体的な「老醜」は、みじめな老人がいるという人間的事実として、とくに社会生活・集団生活に風波を立てることは少いように思われます。肉体的存在としての老人は、いかに「老醜」「老臭」がぷんぷんしていても、人間社会では、ごく当り前な存在、許容してしかるべき存在、また、若い人々の美しさをさらに引き立たせる役を勤める存在にもなっているようです。

しかし、肉体的「老醜」とならんで、精神的「老醜」というものがあるのです。申すまでもなく、肉体と精神とは、深いつながりを持っていて、これを分けることは、変なのかもしれませんが、ここでは、仮に、肉体と精神とに分けて話を進めることにいたします。

自らの肉体的「老醜」を感ずるにせよ、感じないにせよ、——いや、感ずればなおさらのことですが——老人の心のなかには、徐々に、若者・中年者にはなかったような気持が頭をもたげてくるようです。これは、いつの間にやら老人族の仲間入りをしてしまった僕の自己反省的告白でもあり、今まで自分よりも年上の老人の方々を見て、ぼんやり感じていたことの報告でもあるのです。

若者・中年者にはなかったような気持と申しますのは、色々ございましょうが、「あせり」と「あきらめ」と「自棄」と「追いつめられた時の糞度胸」と「悪あがき」とがいっしょになったような気持なのかもしれません。「人生五十」と、昔の人々は申しましたが、現代では、五十歳の老人（？）はまだ老人に入らないという奇妙な通念があります。日本人の体質が良くなったのか、それとも、アメリカ占領軍がベーコンを配給してくれてから、なんとなく日本人の栄養が良くなった結果なのか、僕には判りません。僕の場合、五十歳を過ぎて、定年の六十歳（東大は停年が六十歳なのですが）に近づくにつれて、なんとなく疲れたような、一切が面倒くさくなったような気持が刻々と強まってきました。それと同時に、若い頃にはできなかったような放言をして、しまったと思ったり、助教授時代にはする気もなかったようなことを、平気で、しかも無理を覚悟でやり、後で、まずかったな、などと反省したりするようにもなりました。

ちょうど、その頃、物故して間もないフランスの文豪アンドレ・ジードの思い出に献げられた『新々フランス評論』（N・N・R・F）の追悼号を読みましたが、晩年のジードの残した『日記』の一節に、「良く死ぬことは、そうむつかしくないが、良く年老いるということはむつかしい」という句に出会い、はっといたしました。八十二歳で逝去したアンドレ・ジードは、その晩年自分の死を覚悟していたのかもしれませんが、自分の人一倍激しい煩悩のために、その老年期にいたるまで、その私生活では、大小の様々な事件を起していたらしいことを噂で聞知していただけに、前に記したジードの言葉が、なにかしらよく判るような気がいたし、それ以後、忘れられなくなりました。もっとも、不敏下根な僕は、ジードとは比べようもないような臆病でとり澄ました青年期中年期を経て、老年期に入ったのですから、「良く老いる」ことのむつかしさを感じたらしいジードの心境を、どの程度に理解できるものか、それは判りません。ジードのような逞(たくま)しい巨人に比べて、僕の青春も中年も老年も、極めて血の気も薄く、肉づきも貧しいものであることを悟るからです。

　しかし、自らの肉体的「老醜」を感ずるようになった我が身を省み、傍ら、齢をとった人々の言動を見聞きしてゆくうちに、老人の「あせり」「あきらめ」「自棄」「糞度胸」「悪あがき」……などから生れるらしい精神的な「老醜」があるように思われてきました。そして、精神的にも、「品の良い老人」になろうと努めることが、唯一つの逃げ道的なごまかしとなるかもしれませんが、精神的に「品の良い老人」になろうとすることが、肉体の場合と同様に、所詮、虚飾でありおしゃれである以上、「老醜」を倍加する危険を冒さないですむことは、なかなかむつかしいようにも考えられるのです。

老人になりますと、若い時と比べて、経済的にゆとりができてくる人もあれば、とくに財力めいたものがなくとも、いわゆる「顔」で、お金を動かせるようになる人もいます。さらに、「功なり名遂げて身退く」などという追悼文的な文句を奉られるような境遇の人ならば、なにがしかの権力を持つようにもなりますし、敬老という古来の美風から、若い人々に一目置かれる身の上となることもあります。その上に、迫ってくる死に対する昔よりも切実な気持も手伝い、お説教めいたことを、ずけずけと、「遺言」を述べるような態度で言う場合も起ります。もちろん、「意地悪じいさん」の存在意義はたしかにあります。「もし若者が知っていたら、もし老人ができたらば……」という諺どおりに、若者よりも経験の豊富な筈の老人は、若者が知らない人生のからくりや波浪を知っているかもしれません。おそらく老人の言葉には、多くの傾聴すべきものが含まれても居りましょう。しかし「もし若者ができたら、もし老人が知っていたら……」という別な見方もありえます。自分の理解力の限界を知る知らないにかかわらず、自分の理解力の硬化から、軸を変えて物を眺めたり、新しい条件が加わっている現実に対処するだけの柔軟さを持つ余裕のない老人、別な言葉で申せば、自分の経験だけにすがりついていて、自分の理解力を頑固に絶対視せねばならぬほど追いつめられている老人もあるわけです。冥界にいる昔の偉人・哲人・賢人たちの前へ、ダイナモ（発電機）を持ち出しても、電磁気現象というものを全く知らないこれらの人々は、ダイナモという機械をいくら分解してみても、その実体をけっして理解できまいという、ポール・ヴァレリーの譬話（たとえばなし）は、老人には理解できない現象が、沢山に現実中に生れてゆくことをも示してくれるかもしれません。

「自分が真理だと思っていることは、自分がそうあってほしいと願っていることに外ならない場合が時々ある」という意味のことを、フランスの十六世紀のミシェル・ド・モンテーニュが申しましたが、あらゆる老人に、これだけの反省があればよいと思いますけれど、事実は必ずしもそうでなく、老人は、あらゆる年頃の人々に劣らず、「そうあってほしいと願っている」ことを「真理」と思うことが甚だ多く、しかも、自分の年齢を笠に着て、「今に思い知るぞ」と言わんばかりな「お説教」をする場合があります。僕自身も、時々、そうした態度に出かかる時があるせいでしょうか、他の老人が、全く臆面もなく物を言うのに出会いますと、その心根がよく判るような気がいたしますが、その半面「老醜」を感じもしてしまうのです。

若い人でも、「己が己が」というような態度をとることは、醜いものですが、年齢・権力・金力を笠に着て、どこへでもしゃしゃり出て、「俺を忘れるな」と言わんばかりの態度で「遺言的説教」をしている老人は、どうも「老醜」そのもののような気がいたします。ですから、齢をとって、いわゆる「功成り名遂げ」たために、いわば「怖いもの」なしになりやすい老人は、傍から見れば、「黙って、言わせて置くに限る。いずれは……」というような慇懃無礼な取り扱いを受けることになるかもしれません。

敬老はたしかに美風ですが、敬老に甘える老人も、敬老するあまりに「老醜」をのさばらせる人々も、深く反省すべきかもしれません。

若い人々と話をしている時に、僕は、「これだけは判ってくれ」と思ってなにかしゃべり出すことがありますが、その時にはもちろん、未経験な若い人々のいたらなさを感じている筈です。しかし、こちらのいたらなさをも、ふと感じ、言葉がと切れ、結局のところ、「まあ参考として、おじいちゃんの言うことも聞き給え」ぐらいなことになってしまいます。

自信がないことは美徳ではありません。そして、どうも僕には、自信という美徳はないようです。「真理を追い求め続けるのが人間であって、真理を摑む摑まぬは別問題である。そして、われわれが真理を追い求める時のやり方が不十分だったら、申し開きのできないことになろう」というモンテーニュの言葉に、僕はもたれかかりすぎているのかもしれません。そして、「自信がない」ことは、「真実を究明する意欲がない」ということと同意義ではないし、「自信がありすぎる」ことは、必ずしも「真実を究明する意欲がある」ことにはならないなどと、自己弁解もいたします。したがって、僕自身は、他の老人たちの自信ありげな「遺言的説教」は、あまりいたさぬつもりですけれども、若い人々の煩悶や疑問を明快に解決する力も若い人々のいたらぬところを突く力も、僕にはなく、その結果、「良い子になりたがる老人」「のらりくらりとして摑みどころのない老獪な老人」と言われてもいたし方ないような言動をしているかもしれません。こう考えますと、そこにも別な「老醜」が感ぜられ、全く八方ふさがりというようなことになってしまうわけです。

学問上のことで老人が厳しい態度に出ることは結構ですが、ある専門のことで一家をなした学者が、「唯我独尊」的な態度で終始し、他人のいかなる批評も拒否し、他人の容喙（ようかい）は許さず、他人に優越したところがあると不機嫌になり、他人の欠陥のみを突いて快とするような存在になりましたら、やはり「老醜」が現れていると申せましょう。僕は学者になりたくてなり切れなかった人間ですから、もちろん、今述べたような「老醜」が我が身にこびりつく恐れはないと思いますが、もっと別な「老醜」を感ずることがあります。

　老人になる前から、学問的な問題につきまして、僕は自分の限界を事毎（ことごと）に感じていました。そして「老醜」という字に奇妙な興味を抱くような年頃になるにつれて、若い人たちの眼を見張るような成長ぶりに圧迫感を抱くようになり、自己の限界をさらにはっきりと感ずるようにもなりました。そして、狡猾にも、後進の人々に席を譲るとか、後進の人々を大事にするとか、後事を托するとかいう口実で、僕は僕の限界内で、段々と小さくなり縮こまり、しなびはてて行ってような気もします。時々、勇猛心を振い起して、若い人々と討論するのが老人の勤めでもあるなどとも思うこともありますが、大人気ないし、「老人の冷水だ」などという老獪でだらしのない気持が頭をもたげてきて、ぐにゃぐにゃとなるのが常なのです。「若い者に一切をまかせて……」と申せば、いかにも「品の良い老人」にみえるかもしれませんが、裏を返せば、とうていかなわないから、恥をかかぬようにしていて、「敬老」精神の上に、あぐらをかいているほうが無事だという、腑抜けじじいということになるかもしれません。まさに、「老醜」と申すより外に言いようはないと思います。いずれにせよ、このように、八方ふさがりなのです。

若い頃、「品の良い老人」に会った時などには、ちょっと魅力を感じましたし、「老醜」ぷんぷんたる老人に会った時などには、腹が立ったばかりか、自分はああはなりたくないと思ったものでした。いつの間にか、自分の「老醜」を自覚し始めるようになりました僕は、「品の良い老人」の女々しさ、いやったらしさと、わざと「老醜」を振り撒くような老人の切ない心根とを、両方とも、自分のなかに、なにかの形で持っていることを感じ、ほんとうに情ないと思います。左へ行っても右へ行っても、「老醜」は避けがたいということになるのですから……。

紳士淑女が愛用される香水は、僕とはあまり縁がなくなっています。と申しますのは、老衰の結果か煙草を吸いすぎたためか判りませんが、僕の高等感覚といわれる嗅覚は、大変鈍くなっているからです。つまり、この世の好ましい匂いも忌まわしい匂いも、よほど強くないと、全く感じなくなっているからです。人生に匂いがなくなったなどということは、ある意味では、せいせいすることですが、考えてみるまでもなく、肉体がそろそろいかれてきて、死に近づいたということに外なりません。これも、目に見えぬ「老醜」というものでしょう。こういうわけから、香水は、僕にとって、ほとんど、あってなきに等しいものなのですが、香水製造に関係している友人の話によりますと、香水そのものは、実に良い匂いであるが、その原料は、全く鼻持ちならぬほど臭いのだそうです。つまり、この鼻持ちならぬ臭い原料を、水なりアルコールなりで適当に薄めると、人間の鼻には、なんとも言えぬ魅力のある「香水」になるというわけなのです。これも、人間の限界をよく物語るかもしれない事実です。つまり、ある限度を越えた刺戟は、人間を不快にしたり、また人間には全く感じられなくなるということになるわけでしょう。

ところで、「老醜」という臭いものも、なにかで薄めたら、案外、よい匂いのものになるかもしれません。たとえ、それが人間の認識の限界を利用したまやかしだとしても……。しかし、いったいなんという媒体（水・アルコール……）で、この「老醜」を薄めたらよいかということになりますと、僕は、はたと行きづまりますし、どうしたらよいか全く判らなくなります。そして、「良く老いることはむつかしい」というジードの言葉を、噛みしめざるをえなくなるのです。

「もうこの年になったのだから、かまうことはない」というような気持で、「老醜」を看板にするのも「老醜」ですし、「品の良い老醜」などというありえないかもしれないものを身につけようとして悪あがきするのも、まさに「老醜」ですし、さらにまた、右へも左へも行けずに、しかも、「老醜」を恐れて、うろうろしながら、馬齢を重ねるのは、一番始末におえぬ「老醜」なのかもしれません。要するに、若者に、にきびができるのと同じく、「老醜」は老人にどうしてもできるにきびだと思ってあきらめ、このにきびがなくなる時――それはこの世をおさらばする時に違いないのですが、――その時を待っているより外にいたし方ありますまい。

不具廃疾の身として生れない限り、自分自身にとって「良く生れる」ということは、別に苦心を要しますまい。第一、僕たちは、僕たちの意志とは無関係に生れてきたらしいのですから……。たとえ「悪く生れ」たところで、それはわれわれの責任ではありますまい。「悪く死ぬ」ということは、非業の最期を遂げたり、見るも無惨な死に方をすることでしょうが、例えば、悪事を重ねた結果、追いつめられて酷(むご)たらしい死様を見せる場合は別として、戦争だとか事故だとかのために「悪く死ぬ」ことは、当人のいかなる善意を無視しても、到来しうるものでしょう。そして、いわゆる大往生と言われるような「良い死」に方は、当人のそれまでの生涯が充実されて居り、幸福な晩年を迎え、省みてなんの悔いもない大人物の場合に当然到来するに違いありませんが、そうした人物でなくとも、ごく普通の人でも、肉体が老衰し、病に蝕まれて行き、蠟燭の火が消えるように息をひきとる場合、一種の大往生と申せましょうし、けっして「悪く死ぬ」ことにはなりますまい。つまり、生れた生物は必ず死ぬ以上、われわれの意志と無関係にわれわれは生れ、そして死ぬのだとも言えます。したがって、「良く死ぬ」ことは、その人の心掛けにつながる点もないわけではありませんが、だいたいにおいて、「良く老い」た人間にとっては、さほどむつかしくないかもしれません。こういうわけで、生・老・死という三つの人生の段階を考える時、「良く老いる」ということが「良く死ぬ」ことと結びつくものでもある以上、甚だむつかしいことになります。アンドレ・ジードが何を考えて、前に記したようなことを言ったのか、それは僕の推測外のことかもしれません。しかし、おそらく、「老衰して生命力が肉体からなくなり、息を引き取れば、それ切りの話で、死ぬのはやさしい。しかし、立派に年老いるのは至難の業だ。年甲斐もなくあんなことを言ったりしたりしたのは、……」などと、ジードは考えたようにも思われますが……。

人間というものは、若い時分には、そう目立たぬ欠点や美点を、齢をとるにつれて、露骨に現してくるように思われます。年月という風雨に曝(さら)されて、余計なものが洗い去られ、その人の骨格に当るもの、つまり各々の欠点も美点も、ともどもに、どぎつくなってくるのかもしれませぬ。そして、精神的「老醜」は、こうした面からも考えられるでしょう。

この世に生き抜くためには、他人の助力・温情を必要とすることはもちろんですし、それを忘れることは人間の資格を喪失するとも申せましょう。しかし、終局的に自己を処理する責任者は、外ならぬ自分以外の誰でもありません。極端に言ってみれば、たよりにできるのは、自分以外にないということにもなります。つまり、何事においても、自分の言動の責任者は自分以外にないということです。しかも、たよりにできる唯一人の自分というものが、迷いやすく狂いやすく過ちやすいものだということを思いますと、なんとも言えぬ不安に突き落されてしまいます。「老醜」の時期に入りますと、それまでなんとか生きて来られたのは、先輩知友家族の温情であることを痛切に感ずるとともに、人生という危難の瀬戸を、ここまで辛うじて乗り切って疲れはてている自分に、自分を今後も托すより外にしかたがないことがしみじみと判ってきます。例えば、「老醜」だなんだかんだと思い惑っている自分、年甲斐もなく珍妙なことを希（ねが）ったり、年齢を笠に着て分限を越えたことを望んだりする自分が、いかにも危ない漕ぎ手に思われてきます。人間として獣になり切るために必要な（？）一切のすさまじいもの、また、人間として自滅するのに必要な（？）一切の邪（よこしま）なものを、立派に自分のなかに持っていて、辛うじて、それらをのさばらせないですんでいる自分というものが、我が身のたよりにする唯一のものなのだと思いますと、全く、暗夜行路の感が深くなるのです。これは、なにも、「老醜」時代に限るわけではなく、花に戯れる蝶のように楽しげな青春時代においても、また、権力金力のありがたさと恐ろしさとを感じながらも、いずれの魅力にも生き甲斐を求める或は求めざるをえなくなっている成年時代においても、「たよりになるものは自分一人、しかし、その自分が一番の大敵だ」という平凡で、しかも異様な感銘があってしかるべきなのです。しかし、幸か不幸か、このような感銘は、青春時代・成年時代には、稀薄であったり、無視されたり、忘却されたりしやすいのです。そして「老醜」などということを考えて、寄る辺もない我が身（肉体的にも精神的にも）を省みる年頃になりますと、亡霊のように、こうした感銘は、出現してくるような気もいたします。

全く、ひとりよがりの寝言を、くどくどと書きつらねましたが、これも「老醜」と申すものでしょう。きっと、この世のなかには、「老醜」ならぬ「老美」を身につけて居られる立派な方々も居られることでしょう。そういう方々を知って居られる人にとっては、こんな長談義は、全く無意味です。

僕は「養病」という熟語が大変すきです。病気になった知友には、「病気を十分に飼いならし、貴君の思うように使いこなせるようにしてください。ちょうど、猛獣を飼いならすように」と書き送るのを常といたします。「老醜」を気にする僕は、自らに、「養老醜」とでも言いきかせることにいたしましょう。

さて、「老醜」を飼い馴らしたら、どういうことになりましょうか？　こう考えますと、もうすこし生きて僕自身がいったいどうなるものかを見届けたいような気もいたします。しかし、これがほんとうの「老醜」の「世迷い言」らしいようです。(juillet 1962)

いわゆる教養は無力であるか？

右のような題を出されて、これに答えよというのです。「教養とは何ぞや？」という御題目は、戦後何年間か、ジャーナリズムの流行テーマとしてしばしば持ち出されましたが、「教養」という字が「文化フンドシ」や「文化釜」の「文化」という字よりもいかめしいせいか、それとも発音するとねちねちするせいか、或は、ブンカブンカドンドンというようなふうに「ジンタ」に乗らないせいか判りませんが、未だに「教養フンドシ」「教養ネマキ」などというものは売り出されていないのは、何といっても、「教養」というものの内容が七面倒臭いのではないかと考えます。僕は、幸いにして、「教養とは何ぞや？」ということに直接答えなくともよいのです。「いわゆる教養は無力か？」という問に答えることになっています。そして、「いわゆる」というのが曲者ですが、僕には、はなはだ都合がよいことにもなります。僕は、答えます。「然(しか)り、いわゆる教養は無力である。しかし、教養は無力でない筈だし、これを無力ならしめた社会は損をする」と。

昔フランスの十六世紀に、フランソワ・ラブレーという半分僧職にあり半分医者でもある人物がいましたが、この人の書いた『第一之書ガルガンチュワ物語』という作品の前半の数章に、明治以来我が国の教育学の教科書でも若干触れられているかなり有名な教育論があります。教育論と申しましても、別に小むつかしい議論で終始しているのではなく、主人公のガルガンチュワが少年時代に受けた古い愚劣な教育と新しい賢明な教育との対比が、滑稽な挿話で記述されているのです。詳しいことは、いまここで述べられませんが、その挿話の一つにこんな話があります。少年ガルガンチュワは、古臭くて愚劣な先生に先ず教育され、何でもかんでも暗記した結果、とうとうアルファベットを、逆にすらすらと暗誦できるようになりましたが、別な賢明な先生に育てられた同じ年頃の少年と問答することになりますと、うんともすんとも言えなくなり、犢のように泣き出してしまったというのです。アルファベットを逆に、ZYX……CBAとすらすら言えるということは大したことかもしれませんが、単にそれだけでしたら、どうにもなりますまい。よく寄席やサーカスに出てくる学者犬や学者馬みたいなものではありますまいか？　学者犬や学者馬やアルファベットを逆にすらすら言えるだけの少年は、教養ある存在とは申せないでしょう。勿論、学を鼻にかける馬鹿者のことを、「あれ、教養がありやがんの！」と揶揄的にいうこともあります。世のなかに「馬鹿の一つおぼえ」という句がありますが、学者犬も学者馬もアルファベットを逆にいえると称して得意になる少年も、この句のよい例になるようです。これらの犬も馬も少年も、自分らの知らぬことがほかにあることを知らぬのです。こうした極端な例は、今何の関係もないように思われますが、実は無関係でもないようです。

　実存主義は、ジャン・ポール・サルトルがいい出す前にキルケゴールがすでに説いているとか、ラブレーの父の職業は居酒屋の主人でなくて法曹関係の人だとか、アルフレッド・ド・ミュッセの『世紀児の告白』という小説の題は、『蕩児の告白』とすべきだとか、有名なアルス・ロンガというヒポクラテスの箴言は、「芸術は長く残り」の義ではなく、「技芸は達し難い」という義であるとか、日本で一日中に使われる汽車の切符を横にならべると××××哩（マイル）になるとかいうような常識は、火に石油をかけても消えないという智識、ラジオのスウィッチをまわすと、放送が聞えてくるという技術的な常識、西洋人と会食する時には、スープをちゅうちゅう音を立てて飲まないほうがよいというような常識、或いは、切れたヒューズの代りに針金を使うと危険だという技術的な常識などと同様に、非常に貴重なものですが、これだけでしたら困るのです。いかに豊富な知識と技術とを持っていましても、単にそれだけでしたら、「いわゆる教養」の範囲を出ないと思いますから、無力だろうと思います。つまり、近代生活の維持と保全とのためには役立ちましても、このような知識や技術を持っていない人々が暴れ出した場合には、どうにもなりますまい。「実存主義が何でえ！　バカヤローの非国民！」とどなる人に向って、「キルケゴールは……」と説明してもらちはあきませんし、火事場へ石油を運んでぶっかけている人に対して、「石油は水ではない」といったところで、どうにもなりません。（この二つの例は、もっと広義に、比喩的に御解釈下さい。）この際、精々望みたいことは、「いわゆる教養」でも、社会の人々全体が同じ程度に持ってほしいということだけです。どの人間も、石油をかけたら消えるどころか、さらに火勢は激しくなるということを知っていることになりますから、狂人でない限り、そんな馬鹿なことはしなくなるからです。だから「いわゆる教養」でも確かに役に立ちます。しかし、これらの「いわゆる教養」では、まだ足りないのです。もっと別なものがさらに加えられてほしいと思います。

電化した近代的な家に楽しく住むことは誰しもの望むことですが、それには莫大な金がかかります。そして、そうした快適な生活をするために、公金をごまかしたり、汚職をしたり、貧乏人をだましたりしたら、それがどれほど合法的な仮面をかぶっていても、よくないことでしょうし、そういう人々を「教養」ある人々とは呼べますまい。しかし、合法的に公金をくすねたり、汚職をしたり、貧乏人から血の出るような金を捲きあげたりするためには、知識や技術をなかなか要するものですし、こうしたけしからんことをする人々は「いわゆる教養」を十分に持っていなければ、そこまで成功はできない筈です。ある事件をでっちあげて、ねらう相手を法律で縛るというようなことは、戦前にもありましたから、戦後にもあるような気がしますが、こうした計画をたてる人々は、実に「聡明」で「いわゆる教養」を確かに持っています。けものにわなをしかける知識と技術も、正に、「いわゆる教養」の一つに入るからです。そして、こういう人々は正体を摑まれないようにしているほど「いわゆる教養」を持っているのですが、こういう人々をわれわれは「教養ある」人々と呼べるでしょうか？　そして、いま述べた「いわゆる教養」のある人々に対して、別種の「いわゆる教養」を持った人々――、例えば、「実存主義の祖はキルケゴールである」というようなことを知っていても、けものにわなをしかける「いわゆる教養」や法律を手玉に取る「いわゆる教養」はあまり持っていない人々が、――いくら「いけません。非人道的です。ヒュー・ヒュー・ヒューマニズムに反します。絶対反対です」などと怒号してみたところで、どうにもなりません。「何か非人道的だい？　合法的に金をもうけてどこが悪い？　いけないところがあったらいってみな！　ヤッカんでいるだけだろう。このウィスキーを一本くれてやるから、ねんねしな！」といわれたり、「ヒューマニズム？　何だい、それは？　てめえがさっき言ったように、ヒュー、ヒューと、喘息じゃあるめえし、ペッ！　ペッ」と唾をかけられるだけでしょう。現実には、こんな下等な言葉が使われる場合は小物の場合で、大物は、もっと「いわゆる教養」を発揮して、例えば、議会の答弁で見られるような紋切型の立派な言葉を、冷たくにこやかに吐き出すだけです。吐き出された側の人々は、「もうどうにもならぬ！」と無力感に陥るのは当然でしょう。こうした無力感に陥った人々のなかから、およそ「教養」的ではないテロリストが出てくるかもしれないことまでをも、前記の小物大物たちが判っているほど「いわゆる教養」があったらよいのですが、残念ながら、そこまでは、「いわゆる教養」だけではゆかぬように思われます。いや、そういうことが判っていましても、自他ともに、人間をこのように疎外する愚劣さなどは少しも考えずに、むしろ、こうした無力感のあまりに生れ出るテロリストに穽をかけるなり、その気をそらすなり、買収するなりする巧妙な方法を考え出すことに生甲斐を感ずるために、大物小物は、その「いわゆる教養」を総動員することになるのが落ちでしょう。こう考えますと、「いわゆる教養」は、なるべく、多くの人々に持たれてほしい貴重なものですが、それだけでは、人間を救うためにも、また、「いわゆる教養」の濫用防止のためにも、何の方法もないわけで、「無力」というよりほかにいたし方ありません。

勿論冗談に近い話ですけれど、今日近頃の理不尽な世情のなかで、「教養のある」一組の若い夫婦が、「殺したい人物」のリストを作ったという話を聞いて、僕は、ほんとうに暗い気持になりました。これは、世のなかが確かに悪いのだし、その責任の大半は、権力者たちが、「いわゆる教養」をもてあそぶだけで真の「教養」を持っていない結果にあると思いました。「いわゆる教養」以外に外に何が入用かということになると、はなはだむつかしい問題になりますが、それに直接答える代りに、恐らく「いわゆる教養」を、権力者のみならず社会全体に行き渡らせ、しかも、限りもなくこの「いわゆる教養」の濃度を増すことによって、あらゆる人々が「知ってみれば恐ろしい或いは動けない」という気持になるようにしたらどうかとでも申しましょう。あまり物を知りすぎると、「動けなくなる」とよく申しますが、われわれは、この地上のあらゆる「いわゆる教養」を、ことごとく一生中にわが物にできるものではありませんが、学者犬や学者馬の場合のように、「自分の知らないことがあるということを知らない」という無反省を、少くともなくして、「自分の知らないことがたくさんある」という反省を持てるようになることは、限られた生命の持主故に、いっさいの「いわゆる教養」を身につけられないわれわれでも、能う（あた）限り「いわゆる教養」をわが物にするという努力を払うことによって達成できるに違いないとは思っています。そして、自分に蓄積された「いわゆる教養」の濃度が増すにつれて、こうした境地に辿りつけるかもしれません。無知なわれわれが、己の無知を反省すれば、無知の恐ろしさを知るわけですし、無知をなくすことに力を尽すことにもなりましょう。そして、すでに得た多くの「いわゆる教養」を、ばらばらな智識や技術として放置せずに、さらに得た別な「いわゆる教養」によって価値づけをし、自分の行為の結果、その意味を「推理」し「想像」し、他人の存在への「思いやり」を持てるようになって初めて、「いわゆる教養」は、徐々に「教養」に変ってくるように考えます。科学者が科学の奴隷となっている限りにおいては、無力な「いわゆる教養」の程度を出ません。科学者が、己の「いわゆる教養」の成果がいかなる結果を産み、地球上にどのような意味を持つかと深く考えられるようになってこそ、「教養」ある科学者になるのだと思います。「狂人に刃物」と申しますが、原子バクダンを片手に持って、おどしつけている人々も、法網を張りめぐらせて一人の真犯人を逃すために九人の不幸な犯人をでっちあげる人々も、正に「狂人に刃物」の譬(たとえ)通りです。これらは、「いわゆる教養」しか持っていない人々でしょう。一方は強力なバクダン、他方は精密な（或はもっともらしい）法律論を使って、万事を解決しようとしているだけなのですが、バクダンも法律論もよく切れる刃物であるから危いということを、御当人たちは、あまり考えられて居らぬようです。「いわゆる教養」の蓄積がまだ、足りないことになります。

自分の知らぬことがあることを悟り、自分の行為の結果がどうなるかを「推理」し「想像」し、他人への「思いやり」を持ち、さらに自分の行動の持つ意義への反省を抱くことなどは、「いわゆる教養」の質量がませばますほど、人々の心に生じてくるものであらねばならぬ筈です。物を知りすぎると恐しくなったり動けなくなったりすることも事実ですが、全部の人間が、こういう心境に達しましたら、むしろ結構な話だと思います。しかし、世のなかは、決して、そのようになる公算は少く、「いわゆる教養」を若干持つだけで、「現実はこうだから」と言って、勇敢に行動する人々が大多数らしいのです。しかし、そうかと言って、「教養」そのものは無力かと申すに、決して、そうではありません。なるほど、一見無力には見えますけれども、「いわゆる教養」の真の無力とは比較にならない筈です。

イロハ……を逆に言えたり、ボタンを推すと何万人もの人が灰になるバクダンを落せることを教えられたり、刑法第××条にひっかければ、誰でも犯人にしたてあげられることを覚えたりすることは、明らかに「いわゆる教養」の範囲にしか属しません。他人をびっくりさせたり、多量殺人を行ったり、疑獄事件を形だけでも解決するために無辜の人に犠牲を強いたりする点では、「いわゆる教養」も有力かもしれません。しかし、それは、台風や地震や猛獣が有力であるのに似てはいないでしょうか？　人間世界の無力有力ということは、もっと違った角度から眺められるべきでしょう。自分が、みじめな存在であることを知っている筈の人間が、苦しみながら助け合いながら何とかやってゆこうとするのが人間らしい営みだとするならば、無力有力のけじめは自ら明らかなような気がします。人間が何か失敗やら不幸なできごとのために苦しめられた後には、必ず、失敗の原因や不幸のよって来るところを考えて、もう二度と再び、あのようなことはいたすまいと覚悟するものです。他人をぺてんにかけて赤恥をかいた人間も、侵略戦争を「聖戦」と号した後に「総懺悔」した国家もそうだと思います。他人をぺてんにかけると、いつかはばれるぞという「想像」のないことや、侵略戦争の結果を「推理」できなかったことは、人間社会の掟に関する「教養」が足りなかったことと、人間世界の変化進展中における自国の参与の義務に対する「教養」

が欠けていたことを示すものでしょう。そして、赤恥をかいた後に人間社会の掟をかえりみ、「総懺悔」した後に「文化国家」という珍妙な名前を発明することは、少くとも人間社会の掟なり進展というものなりに対する「教養」にすがりつき、これに救いを求めたことになります。この通り、「教養」は、改悛した悪人や戦犯などにすがりつかれるほど、根拠のあるもので、決して無力などというようなものではありません。ややセンチな言い方ですが、「教養」とは、この場合、人間が奢りたかぶっている時には忘れ去り、困却したときには救いを与えよと呼びかける「ふるさと」のようなものだと言えるでしょう。「ふるさと」の貴さが「教養」の貴さであり、「ふるさと」を、常に、あらゆる人々が意識するようになることが望ましいと申せましょう。「ふるさと」などと申して変でしたら、「教養」とは、何度台風に見舞われても、でんと坐っている平凡な岩のようなものだとでも申せましょう。人々は台風の後で、こわれた家とこの平凡な岩と比較して、必ず感慨を催すだろうと思います。

しかし、真に人間を救うこともできず、（その意味でも無力、）また理不尽な人々を抑えることもできず（この意味でも無力、）にいる人々が、僕自身もそのなかに含めて、実に多いのではないかと思います。しかし、恐らく「教養」は、「ふるさと」のように常に人間の恒心を守ってくれ、「平凡な岩」のように常に存在するものである以上、「無力」では決してありませんから、なるべく多くの人々が、この「ふるさと」を心の灯とし、この「岩」の逞しさに合掌すべきだと思いますが、そのためには、前にも申しました通り、「いわゆる教養」をもっと積み、そこから「教養」が発芽するようにせねばならぬとつくづく思います。つまり、われわれには、まだまだ「いわゆる教養」が足りないから、無力なのだと申したいのです。

　こんな寝言みたいなことを申しても、どなたもお取りあげくださらないでしょうし、僕自身の無教養を棚にあげて、勝手なことをほざいているとお咎(とが)めを受けることも覚悟していますが、与えられた題「いわゆる教養は無力か？」は、むしろ「現在の教養程度で十分か？」と変えたほうがよいと思うほど、われわれの「いわゆる教養」は不足し、したがって「教養」もないことになると考えます。ラジオ、テレヴィなどという文明開化の器具をもっとフルに使って、「いわゆる教養」を、われわれに授けてもらいたいと思います。ラジオ会社の社長さんが、「××法案」についての放送はしないようになどというお達しを出すことは、何も知らないわれわれから更に「いわゆる教養」を奪い去るものです。これに対して、「××教養講座」などと名づけられた出版物が近頃たくさん出るようですが、これはやはり、僕の考えている通り、われわれが「教養」の点において大いに欠けるところがあることを、世の識者は知っておられるためだろうと思います。しかし、不幸なことに、「教養」を求める人々の多くは、いずれ「無力感」(どうにもならぬという気持)に陥る運命の場合が多く、一方「有力感」(⁉)(必ず大丈夫やってみせるという気持)を誇らかに持っている人々は、「教養」などは屁の河童で、既得の「いわゆる教養」を悪がしこく操作するだけで、さらに、「いわゆる教養」を積むなどということはてんで考えていません。道徳教育は、青少年に授けられると同時に公平に、大人にも授けられねばならぬものと同じく、「教養」は、われわれ「迷える仔羊」のみが求めるものではなく、「迷わざる狼」たちにも求められるべきものでしょう。そうしないと、仔羊としても狼としても、いずれ、大変損な結果になることは、ほぼ確かだと思います。

スウィフトの『ガリヴァー旅行記』の第四篇は『フゥイヌム国航海記』に当てられ

ていますが、僕はこの物語は、『ガリヴァー旅行記』の圧巻だと信じています。ガリヴァーが漂流して着いた国がフゥイヌム国で、ふしぎな馬の国でした。そして、この国の馬たちは、人間によく似た生物を「ヤフー」と呼んで、人間世界における馬のような役目につかせて使役していました。あべこべなのです。ガリヴァーは人間ですから、「ヤフー」の一味と見なされるのですが、フゥイヌム国のヤフー（人間）とは少々違ったところもあるので、情深い一頭のフゥイヌムに大切に取り扱われ、フゥイヌム語を習得します。そして、人間世界（主として十八世紀のイギリス）の社会の有様を、厄介になっている主人のフゥイヌムに教えてやることになるのですが、当時ヨーロッパに起っている戦争の原因、法律制度の腐敗に対する批判諷刺が、実に辛辣に記されています。「肉がパンであるのか、それともパンが肉であるか」といったようなつまらぬ問題から戦争が起ったり、「君主が、自分の領土人民だけで十分だということを決して知らぬ」ために、或いはまた「内閣の腐敗から、自分の失敗に対する人民の不幸を抑圧したり、ごまかすために君主を戦争へかり立てたりする」ために、戦争が起ったりして、「何百万という生霊が犠牲になることがある」というような悲惨な報告は、温良平和なフゥイヌムには全く理解できないことでした。ガリヴァーは、煩雑で、門外漢には事の真相をなかなか摑めないような法律制度裁判制度の欠点をいろいろと指摘した後、「既に六代前の先祖から伝わっている畑が、果して自分のものであるか、それとも三百哩も離れた赤の他人の物であるか、それをきめるのにさえ、何と三十年もかかる。もっとも国家に対する謀叛罪に問われた犯人の審問などは、方法もはるかに簡単であり、なかなかよいところがある。即ち裁判官は、まず権力者方面の意向をさえさぐっておけば、あとは生かそうと殺そうと簡単にどうでもできる。しかも表向き法の上の形式はどこまでもちゃんと正当な手続きをふみながらである」などと説明すると、フゥイヌムは、大変驚愕するのです。このフゥイヌムは、ガリヴァーの報告を聞いているうちに、こんなにも人間が、「理性」にしたがって戦争をおこし、「理性」にしたがって法を煩雑にし、法を以って人間を縛り、これを不幸にするのに長じているのが合点がゆかぬと見えまして、「お前（ガリヴァー）が、理性理性とい う、その理性の功徳というものが、いやはや大したものだということが判る」と、はなはだ皮肉なことを申します。ガリヴァーが、フゥイヌム国の一頭の馬に物語った人間社会への諷刺は、あまりこれを削除しなくとも、現在の人間社会へあてはめられます。勿論わが国にも。そして、フゥイヌムによって「大した功徳」を持つと皮肉られた「理性」とは、「いわゆる教養」の世界だけで右往左往しているわれわれ人間の「理性」であり、「推理」も「想像」も「思いやり」もない、ばらばらな「いわゆる教養」の乱舞から生れる一切の「美しく立派な」口実（自由・正義・解放など……）を作り出す人間のみじめな脳味噌の幻に外ならなくなるわけです。『ガリヴァー旅行記』を読み、現在の人間世界への諷刺を感じますと、「教養なんてものは、とうてい人間世界のものになり得ないかもしれぬ」と呟きたくなるくらい寒々としてきます。しかし、こうした感を抱きましても、僕は、「いわゆる教養は本質的には無力である。しかし、『いわゆる教養』の質量が増せば、真の『教養』の生れる機縁も現れるだろうし、『教養』は無力でない筈だし、これを無力ならしめた社会は損をする」と、前に記したように申したいのですし、さらに、こうも附け加えたいのです。「……これを無力ならしめた社会は損をして、ガリヴァーに諷刺されるような姿を醜くさらけ出すだけであろう」と。さらにもう一つ、こうも附け加えたく思います。「スウィフトの頃から、ともかく、人類は、何とかやってきた。今後も何とかやってゆくと考えるより外にいたし方ない。それにしても、新しいスウィフトと新しいガリヴァーとが後から後から生れ出る限り、やはり『教養』は尊いし、決して無力ではない。ただ、いつまでたっても、『教養』が世界に君臨することはないのかもしれない。しかし、これは無力ということではない。それは、人間が、全く無欲で淡泊すぎて、せっかくの利得をもかえりみないということに外なるまい」と。(oct. 1958)

文運隆盛時と大学文学部

僕に出された題は、初め「文運隆盛時に文科学生に与えるの書」であったように思いますが、こうした題で雑文を綴る興味はあまりないため、大体与えられた題目に似たことについて愚文をつらねることにいたしました。僕としては、現在の大学の文学部の在り方について、と申しても、僕の勤務している大学の文学部だけについてのことですが、若干反省すべきことがあるようにも思っていますので、それにも触れさせていただくことにします。さて、現在、はたして文運が隆盛であるかどうか、僕には、判るようで判らず、判らないようで判るのです。文芸雑誌も沢山出版されていますし、××賞△△賞という華やかなものも数々あり、続々と、新人や準新人が出現していますから、文学作品の「生産額」は、僕のように直接文壇には関係していない人間から見ましても、実に旺盛のように思われます。しかし、明治時代から、所謂平和時代（一つの戦乱・社会破局が終り、次の戦乱・社会破局の種がまかれる時代）に、文運は隆盛になるのは当然で、何も、現代が特に隆盛だとは言えないかもしれません。ただジャーナリズムの様々なマス・コミュニケーションや宣伝の力に乗って、所謂ニュー・フェースに対する社会の極めて興味本位的な関心から、続々と新人は現れ、続々と消えてゆく現象が、あたかも芸能界に見られるがごとくに、文学の分野にも見られることは事実でしょう。文壇の芸能界化商業化ということが言われるのももっともなところがあるくらいです。しかし、こうした一般的風潮・文運隆盛的現象の波浪にさらわれずに、文学者として、しっかりと後にまで残れることは、新人として認められること以上にむつかしいようですし、これは、昔も今も渝らないとは申せ、現在のほうが、はるかにむつかしさの度を加えていると申せましょう。何しろ、毎年見られる新人の出現は、甚だ華やかですから、その華やかさとともに、恐らくはかなさやもろさもあるわけでしょうし、やんやと言ったジャーナリズムに、けろりと忘れられる可能性もあるのです。こうした華やかさ・はかなさ・もろさの度合の烈しさと、その眼まぐるしさとが、特に文運隆盛というような印象を与えるのかもしれません。ですから、ともも角も、現在は、文運隆盛期でないなどとは、決して申せません。

いつでしたか、戦争が始まった頃のことだったと思いますが、中野好夫氏のお伴をして、大阪から東京行の汽車に乗ったことがあります。駅で列車を待っている間、色々な話をいたしましたが、丁度、駅にたむろしていたお角力さんたちの姿を眺めつつ、中野氏は、大体次のようなことを言われました。「力しだいで、あすこにいる羽織を着るような身分になれる人もいれば、浴衣一枚で、うだつのあがらぬ連中もいますな。一人の横綱・大関を出すためには、何十人ものふんどしかつぎが下積みになっているわけですが、文壇も、まあ、そうなんですよ」と。すべてが当人の精進と力量しだいという点では、なるほど、文壇へ出ることと、角力の世界で名を挙げることとは、似ているかもしれません。ですから、一人の××賞受賞者が生れるためには、何十人何百人ものふんどしかつぎ的な人々が下積みになっているとも申せましょう。そして、ある母親が、自分の子供が、いつか賞をもらえるようにしたいから、それにはどうしたらよいか教えてくれと、著名な批評家に訊ねたというようなゴシップだか実話だかを聞かされる現在の文運隆盛期においては、名声と金とが、文学修行の目的(?)だと考える人々も当然現れてくるわけで、大会社や大銀行へ就職するのと同じように、

××賞目あての競争試験が行われないとも限りませんし、従ってふんどしかつぎ的存在の数も、文運隆盛時なればこそ、いよいよ莫大になるだろうと思います。

才能のある文学者が、いくらお金をもうけても、それは一向にかまわないことかもしれませんし、いくら豪壮な邸宅を新築しても、何頭競馬の馬を持っていても、それも一向にかまいますまい。こうしたことは、文学そのものとは本質的には無縁なものでしょうし、全く派生的偶然的なものだと思います。文学の巨匠が、貴族のような豪奢な生活をしていても、或は、所謂清貧に甘んじていても、当人が立派な作品を産み出している限りにおいては、巨匠たるに変りはありません。しかし、豪奢な生活をしたり馬主になったりするために文学を志望するとしたら、それは見当違いと申すべきでしょう。現在の文運隆盛が、「文学ブーム」と呼ばれるほど、名声やお金にあこがれる人々を沢山に吸引しているのでしたら、「商品化された文学」を是認し切れず、なにかもっと文学の本質的なものを信じている旧式な僕にとっては、この文運隆盛は、隆盛すぎるのではないかと思われてきます。しかしこんなことを申しても、依然として、現在が文運隆盛期でないとは断じ切れないことは勿論です。文学・文学と申しましても、僕には、文学というものを完全に定義する能力はないのですから、所詮、第一前提が不完全な三段論法みたいなことをしか述べられますまい。ただ、現在の人間が、技術万能主義（テクノクラシー）によって洗脳し尽された結果、つまり完全な人間改造が行われる時がくるまで、——その時には、例えば、人間は、蟻や蜂のように規則正しく勇敢に行動し、己が生死を問題とせず、幸不幸の感覚もなくなっているかもしれませんが、——そんな風にまで人間改造が行われる時がくるまで、——文学というものは、人々によって求められ、人々の心に宿り続けるものであるような気がします。また、本質的には、文学は、名利と無関係であって、ただ人間の心に入っているひびや、由来も定かならず医（いや）す術もないような心の空間に香油をしたたらせてくれるもののような気もします。更にまた、こうした心のひびや空洞を感ずることの少い人々には、文学は、全く在ってなきに等しいに違いないような気もします。そして、西洋の人々がしばしば文学者や詩人を「呪われた人々」と呼んだことにも現れていますように、文学は、「呪われない幸福人」たちから見れば、考えなくともよい（或は考えたら損をするような）ことをくよくよ考えるあそびに外（ほか）ならないかもしれぬとも思うのです。

現在の文運隆盛時代には、先にも記しましたような、子供の出世のために××賞をねらうという母親も出現いたしますけれども、もしその母親に、今のべたような「呪われた人々」によってのみ抱かれる文学の実体を説明し、名利とは全くゆかりのないものであるということをも判らせたら、恐らく、その母親は、「そんな気味の悪いもの、そんな無駄なものは、金輪際、可愛い子供にはやらせません」と答えるに相違ありません。日本の古人も、文学とは所詮「冬扇夏炉」に外ならぬとか申しましたが、全く、何の実利をも与えないあそびなのでしょう。しかし、現在のような文運隆盛時代には特に、後から後からと文学志望の人々が現れ出ます以上、隆盛時代なるが故に、名利にあこがれる人々の数も多いことも当然でしょうが、「呪われた人々」となることを甘受している人々もある筈です。そして、△△賞をもらっても、いつの間にか消えてゆく人々がいるのと同じく、十人の文学少年のなかから、五人の文学青年が残り、更に一人の文学老年が残るという現象が、我々の生涯を省みた場合に見られるということも、注目してよいかもしれません。「呪われた人々」を理想とする何人もの人々がいましても、それに対して、現実の名利栄達にかまけて、「呪われない幸福人」に成りあがってしまう人々の数も極めて多いのです。しかしまた、「呪われない幸福人」になった人々でも、時折、心にわけの判らぬ隙間風が吹きこむことを感じ、文学芸術に慰安を求めることがありますのは、これはやはり、いくら「冬扇夏炉」でありましょうとも、本当の文学芸術というものは、人間が現在のままである限りにおいては、求め続けられるものらしいことを示すかもしれません。その上、△△賞を得ようとして得られないでいるふんどしかつぎ的な人々や、やむを得ぬ生活上の理由から、自ら「呪われた人々」の仲間入りをする志を棄て、文学という虚業につかずに、実学方面で働いている人々のなかにも、立派な文学作品を求め続け、文学的精神の純粋さにおいては、名ある文学者よりも優れている人々が必ずいるに違いないことも忘れてはなりますまい。

さて、文学修行は、（当人の天分の有無はこの際問題としないことにしましょう）先輩の作品に接し、これぞと思う文学上の師の導きを受けることによってのみなされるものではありますまい。結局のところ、当人自身が進んで色々な人生経験を重ね、様々なことを勉強し、個人として苦慮し反省し精進することが根本でしょう。そして、大学の文学部というようなところでは、優れた先生との人格的な接触が行われればまだしものこと、そうでない場合には、文学修行など行われ得るところではないようです。もっとも、文学部と申しましても、僕の勤めている大学では、十いくつかの学科に分たれていますから、各学科の特殊事情で、一概には断言できないことは、心得て居ります。哲学・倫理・歴史・社会などという学科の学問は、ここで触れている文学とは、必ずしも直接関係がないように思われます。従って、ここでは別格といたしましょう。それに比して、国文・英文・独文・仏文というような学科になりますと、本来は、文学と深い関係を持っているにも拘(かかわ)らず、全体として文学修行の補助を若干していましても、教室で、文学を教えてなど居りません。これは当然のことで、文学は他人から教えられるものではなく、自ら会得するものだからです。少くとも、僕が関係している仏文科においては、学生との個人的な附合いは別として、残念ながら、教室では、ここで述べている文学修行はなされていないし、それもいたし方ないと思っているのです。仏文科の創始者たる辰野先生、鈴木先生の門下から、小林秀雄氏、中島健蔵氏、今日出海氏、中村真一郎氏、福永武彦氏、中村光夫氏その他の名ある文学者が輩出したことは事実ですけれども、また両先生の教室における御講義も立派だったことは確かでしょうけれども、両先生が個人的に、これらの方々に親しく附き合われて、これらの方々が個々別々に、精進努力できるような環境を作ってやられたことが、大いに与って力があると思っています。両先生の後を受けた貧弱な僕は、杉捷夫教授の絶大な御支援を得ても、「主任教授」として、とうてい学内学外における指導は十分できるわけはありません。作家としては、大江君、吉野君、河畠君らの誕生を見ましたけれども、それは、全く、これらの方々の個人的な努力によるもので、僕らの下手な講義や個人的附合いとは、無関係なものと考えています。話を、仏文科だけに限りますが、僕ら（「僕ら」と記しますと、僕の同僚たる杉教授、井上究一郎、小林正両助教授に対して失礼になるかもしれませんが、）僕らは、フランスにおける国文学研究（フランス文学研究）の真似事みたいなことをやっているにすぎず、日本的限界内でフランス文学を一応研究しようと希っているだけなのです。勿論、将来、僕らと同じことをやる人々を、何らかの形で養成しているつもりですが、本雑文で問題にしているような文学を教えているなどとは、夢にも思っていませんし教えられるものでもありません。ただ、幸か不幸か、フランス文学には、日本の文学に多くのものを寄与する作家作品があり、これらについて、僕らが僕らなりに何か講義・演習めいたことをやっているので、文学好きな学生さんの相手を辛うじてつとめ、文学修行の補助を若干している形になっているにすぎません。不幸にして、なかなか希望通りにゆかないのを、いつも心から残念に考えているのです。少くとも現在の仏文科では、文学学めいたもの、フランス文学研究らしいものを教えられるとしても、文学を教えられるなどとは思っていませんし、これは大なり小なり、国文科、英文科、独文科にも、あてはまるかもしれないと感じています。ですから、東大の文学部へ進学する学生諸君は、そのつもりの筈です。誰も学校で文学を教えられようなどとは思っていますまい。

中央公論新人賞を得た福田章二氏は、今春東大教養学部を出られて、文学部などには進学せずに、出世コースの法学部へ行かれたということは少しも変でないし、文学者として立つためには、今まであまりなかった遣方（やりかた）だとしても、なかなか良いし面白いと思います。そして、福田氏が、出世コースの法学部学生として、あくまでも、「冬扇夏炉」の志を守り抜いてほしいと、声援を送りたい気持です。

大学全体から見れば、文学部などというところは、大学を人体に譬えるとするならば、盲腸みたいな存在です。現在の我々の肉体においては少くとも、盲腸は、まだ、何らかの役割を果しているらしく思われます。我々の肉体が進化して、痕跡器官とされている盲腸が全く退化し尽した暁には、勿論問題はありませんが、現在の段階では、盲腸を手術で除去すると、肉体としてのバランスがとれなくなり、何かと具合が悪くなるのだという風に聞いて居ります。盲腸がなくとも、肉体の機能は停止いたしませんが、バランスがとれなくなることは、確実のようです。文学というものも、人間の全面的改造が行われた折には、消滅するかもしれないのと同じく、大学内の文学部も、文学部がなくとも大学のバランスが立派にとれる時がきたら、消滅すべきでしょうし、消滅するでしょう。ただ、現在、例えば、東大から文学部を抹殺したら、別に、大学全体の機能には異常は来たさないかもしれませんが、ふんどしがゆるんだような感じで、別に何ということもありませんが、何か、一寸(ちょっと)ばかり落ちつきが悪いような気分になるかも知れません。このことは、絶大な自信と勢力とを持っている医科・工科・法科などの方々にもよく判っていただかねばならぬ以上に、更に我々文学部の者どもが常々考えて居らねばならぬことと信じています。ですから、目下見聞いたすように、文学部の者どもが、やれ研究所新設だとか、研究費配分だとかいう問題において、自信と勢力とのある（謂わば、頭や胃腑に当る）医科・工科・法科などと対等にやろうなどと考えないことにしたほうがよいと思っています。要するに盲腸なのですから、それを自覚して、無理なことをして盲腸炎などになり、手術の結果除去されないように、ひっそりと、こっそりと、まだ与えられている筈の役目を守るべきでしょう。その際でも、現在の段階の肉体では、盲腸を取ると、何となく、体全体のバランスが取れなくなるということは固く信じていてもよろしく、肉体の他の諸器官のおあまりで、自然に消えるまで、細々と、与えられた役割を果たすのがよいのでしょう。もっとも、このおあまりはなるべく沢山もらえるようにしないと、盲腸が弱くなり、盲腸炎を起す心配もあること、また、盲腸炎手術のために死んだ人々も甚だ多いし、盲腸除去後の人体は除去前の人体に決して優らないということは、大学全体が、認めねばならないだろうと思っています。

文学隆盛時と大学の文学部とは、直接何の関係もなさそうですが、文学部という名称が文学志望の人々を惹きつける結果か、それとも、「冬扇夏炉」の文学と「盲腸」みたいな文学部とに、なにかの共通点があるためか判りませんが、毎年、教養学部から文学部へ進学する学生さんは、大学全体としては決して多くはありませんが、決して少くありません。特に、志望が文学部では英文・仏文に偏っているらしいことは、今年まで続いて見られた現象でした。僕の考えによりますと、日本の大学の文学部で、国文科の学生数が仏文科のそれよりも少いということは、相も変らぬ日本の跛行現象だということになります。英文科は別として、仏文科などは、毎年多くて十人、理想的に言えば、五人ぐらいの定員で結構だと思っています。（今年は三十五人です）仏文科の学生が、国文科・哲学科などよりも多いということは、確かに跛行的現象です。最近、東大文学部では、東大全体の学制改革の一端において、教養学部入学当初から、文学部進学学生をきめようとする（所謂たて割り制度）動きが見られます。現在の文一文二の区別を更に細くして、文科志望学生だけを、高校から大学へ入学した時からきめようという意見のようです。こうした意見の根底には、優秀な点数を取った学生が、とかく出世コースの教養学科や法・経両学部に行き、文学部は、劣等生を収容することになるからという不平があるように見受けられます。僕は、こうした動きに対して、全面的に反対なのです。この改革を強行しても、点数の上での劣等生しか文学部を志望しないことになることには変りはありません。そもそも所謂優等生を文学部へ入れたがるということが変なのです。現在のままでも、教養学部で平均二年すごした後に、「呪われた人々」に魅力を感じ、「盲腸」のごとき文学部へ進んで入ろうとする学生は、点数の上では、出世コースの教養学科や法・経両学部志望の学生にはるかに劣るとしても、なかには、「冬扇夏炉」と若干つながりのある「盲腸学部」に籍を置いて、一人で、静かに、自分の好きなことを、社会の片隅で、こつこつやってゆく準備をしたいと思う人々も必ずいるでしょう。そのような少数の有志だけが文学部へくればよいのです。そして、国文・英文・独文・仏文の所謂純文科的な学科のみに限らず、もっと学問らしい態容を持っているかに見える哲学・倫理・宗教……の各学科も、こうした「呪われた」「盲腸学部」的学生を引受け、それを大成させる以外にすることはないでしょう。出世するために学問をする学生よりも、好きなことを、こっそりと、こつこつやるのに生甲斐を感ずる学生に期待を寄せるべきだろうと考えます。文運隆盛時における大学の文学部は、文学を直接教授できる筈のものでないことを改めて認識し、更に、自らが大学全体における「盲腸」のごとき存在であることをも覚悟し、教養学部から出世コース的学部へは進学できないでいる、点数の上での劣等生の学生のなかから、将来立派な「呪われた人々」になり、「冬扇夏炉」的な学芸に深い愛情を持ち得る人々を、地味に育てあげるべきでしょう。しかし、僕は、目下勤務している東大の文学部の仏文科についてしか材料として持っていません。他の大学の事情は、自ら異ると思いますから、この愚論を一般化しないようにお願いします。（1959）

平和の苦しさ

今から十年ぐらい前のこと、フランス・ルネサンス文学に関する資料集めをして居ります折に、次のような文章に出会い、様々な感慨を抱きましたが、それ以来、僕は、事毎に、その文章を思い出すようになりました。「後世の人々は、我々が光明を知ってから、その後、このような暗闇に再び堕ちねばならなかったことを判ってはくれないであろう。」僕は、こうした発言をした人物が、どれほど人間に信頼を持っていたか、つまり、「今は困った悪い時代だが、きっと、いつか良い時代が来る」と、将来にどれほど期待を寄せていたかということを染々と感ずると同時に、現代の世界を眺めつつ、我々は、「そうです、十六世紀の貴方は全く愚かであった」と胸を張って言うことができないばかりか、「いや、判ります。我々も貴君方と大同小異のことをしているのですから」と伏眼になって呟くのが精一杯だというような気にならざるを得ません。

十六世紀ルネサンス期に、人間を訪れた「光明」に比べて、現代の我々が我々の有としした「光明」は、はるかにまぶしく、はるかに熱度も高いような気もしますが、それだけに、ルネサンス期において「光明」を得た人々が再び陥った「暗闇」に比べて、現代の人々が自ら身を投じかねない「暗闇」は更に文目も分たぬほど深く、更に冷々としているというような感じもいたします。

しかし、こんなことを、いきなり書き出しましても、何のことやらお判りにならないかもしれませんから、多少の白墨臭あることはお許し願うことにして、先に掲げた言葉について簡単に説明させていただくことにします。あの言葉は、セバスチャン・カステリヨン（1515-1563）という人の最後の著書『何を疑い何を信ずべきか』（一五六二年）中に収められているのです。ルネサンス期のフランスにおいて、宗教改革運動に対処する必要上、旧教会側が不寛容で狂信的な圧力を振るいましたが、そのために生真面目な人文学者としての心境から恰も狩り出されるようにして、宗教改革運動に身を投ずるにいたった人々が沢山居ります。ジャン・カルヴァン（1509-1564）も、その代表的な人物でしょう。彼は、こうして宗教改革運動の一方の頭領となり、己が正しいと思った「神」に仕えねばならぬという「使命観」を抱かざるを得なくなり、その結果、追い立てられるようにして、旧い狂信に新しい狂信を対立せしめざるを得なくなりました。初め、このカルヴァンに共鳴し、その配下の一人として、これに協力し、ジュネーヴに新しい理想による「国家都市」を建設しようと努力したのが、セバスチャン・カステリヨンなのでした。

建設時代のジュネーヴで、カルヴァンの傍にあって、カステリヨンが、どれほど献身的に働いたかについては、数々の文献が残って居ります。しかし、先にも言及いたしました通り、カルヴァンが、旧教会側の圧力から身を守り、自分の教会の内部的な粛正を強行し、あくまでも理想達成の悲願に殉じようとして、嘗て狂信と不寛容とに苦しめられた彼自身が、今度は、新しい狂信と不寛容とを武器とせざるを得なくなるような事態が起るに及んで、カステリヨンは、カルヴァンを批判するようになってしまいました。その間のことは、ここで詳しく記述する暇はありませんが、アルベール・バイエの『自由思想の歴史』（クセジュ文庫、二宮敬・フサ両氏訳）中の一文によって、大凡の情勢を窺っていただくことにしましょう。「フランスのプロテスタント《ユグノー派》は、信仰擁護のためとあれば、《教皇派(パピスト)》と競って武器を執った。彼らのほうが少数派の土地では、彼らはカトリックに迫害され、多数派の場合は逆に迫害者となったのだ。スイスのジュネーヴに君臨したジャン・カルヴァンは、ジュネーヴ以外の土地では自分の同志たちが追いつめられ狩り立てられているという時に、聖書学者セバスチャン・カステリヨンを教授の職から追い、自分の樹(た)てた救霊予定説に反対するジェローム・ボルセックを永久に市外へ追放し、学者ミシェル・セルヴェを火刑台に送る。」右の文中のカステリヨンもボルセックもセルヴェも、本来カルヴァン派であり、旧教会に反逆した新教徒だったことは勿論です。上掲文中の三人の犠牲者は、最も代表的なものにすぎず、神の王国の建設という「使命観」遂行のために、カルヴァンは、容赦ない数々の粛正を既に行っていたのでした。

上記三人の犠牲者中の最後のミシェル・セルヴェ（1511-1553）を旋(めぐ)る事件の結果、カステリヨンはカルヴァンに抵抗することになるのです。新教徒としてセルヴェがフランスを追われた後、師匠格のカルヴァンのいるジュネーヴへ遁(のが)れて、恰も救いを求めるという形になった時、カルヴァンは、セルヴェの神学理論中に教会の基礎を危くする異端思想があるものと認定した結果、これを捕え、獅子心中の虫として火刑に処してしまいました。この時既にジュネーヴを追われていたカステリヨンは、カルヴァンの不寛容な態度を難詰し、教会として、異端者に破門戒告の罰を下すことは認められるとしても、世俗の司直が行うように、これを火刑に処するということは行き過ぎであるし、気に入らぬ人間に「異端者」の極印を打つことの危険と不合理とを説きました。そして、「異端者の権利」までを主張し、嘗て「異端者」として迫害された頃のカルヴァン自身が旧教側の不寛容を咎(とが)めた言葉をも引用して、権力を握ってからのカルヴァンの不寛容で狂信的な態度を厳しく批判したのでした。ミシェル・セルヴェ事件前後の数年間は、カルヴァンの生涯で「最も暗い日々」と呼ばれる時期に当りますが、カルヴァンは、「使命観」に燃えて、この危機を乗り切ってしまい、カステリヨンは黙殺されてしまうことになるのです。カステリヨンは、既出の『何を疑い何を信ずべきか』という著書が発表されたのと同じ年の一五六二年に、『悩めるフランスに勧める』という文章を綴り、宗教戦乱渦中の祖国の人々に訴えていますが、そのなかで、カステリヨン自身をも含めた新教徒を迫害した旧教徒の愚劣な狂信と不寛容とを咎め立てるとともに、狂信に対するに狂信を以ってし、暴力に対するに暴力を以ってする新教徒にも反省を求め、「現在我々は、我々の祖先たちの手にかかって命を落した殉教者たちの墓に石を敷き、これを飾り立てていますが、我々自身が、祖先と同じことをして、将来子孫たちによって崇められるような殉教者を作り出していないかどうか、私は甚だ心配です」とも記して居ります。

「針の頭に聖霊がいくつ乗れるか？」という命題で甲論乙駁したり、「ソクラテスよ、汝は走る」と「ソクラテスは走る」とは同じ事実を表現すると主張した人間を「異端者」と断じたりして、教会本来の使命を忘れ去った動脈硬化した神学者たちに向い、十六世紀の人文学者たちは、「それはキリストと何の関係があるか？」と問いかけて、枝葉末節に走って根幹を逸する態度を咎めました。そして、こうした批判精神は、当然宗教改革の機運を助成しましたが、宗教改革によって、例えばカルヴァンの教会が誕生し、この新教会が自己防衛のために、また政治経済問題の絡みつきのために、やむを得ず現世的な権力を振るい、迫り来る不寛容と狂信と暴圧とに報いるのに、同じく不寛容と狂信と暴圧とを以ってするにいたった時に、この批判精神は、再び発言せざるを得なくなったと申せます。

同じキリストの名の下で、憎み合い殺し合う世の姿を眺めていたカステリヨンの言動は、終始一貫、「それはキリストと何の関係があるか？」という精神に支えられていたのでした。この精神は、一見喧嘩両成敗式のもののように思われますが、自らの属する旧教会のために、その欠陥を鋭く突いたデシデリウス・エラスムスや、同じく自らの属する新教会のために、その首長カルヴァンの行動を非難したカステリヨンのことを思えば、決して喧嘩両成敗式のものではなく、自らの属する集団の歪みを正し、人類におけるキリスト教の本来の使命を恢復しようとする懸命で地味な努力の発現となるのです。しかし、逆上し切っている世のなかにあっては、エラスムスも、カステリヨンも、現実的には黙殺されたに等しいことになってしまいました。それだからと言って、このような批判精神は全く無力なもの、無用なものなのでしょうか？　恐らく「それはキリストと何の関係があるか？」と言い得た人々が一人でも二人でも、常にいなければならず、そのような人々の精神こそ、尊い「地下水」として、逆上した人間世界の一隅を流れ、狂乱に疲れはてた人々の渇を癒やし、己の行動を反省する機縁を与えてくれるものであるに違いありません。「後世の人々は、我々が、光明を知ってから、その後、このような暗闇に再び堕ちねばならなかったことを判ってはくれないであろう」という言葉には、勿論カステリヨンの絶望的な歎息が秘められてはいました。カステリヨンから見れば、「それはキリストと何の関係があるか？」と問いかけられて、旧教会の宿弊が批判されたことが、旧教会の弾圧を誘発し、その結果恰も搾り出されるようにしてでも、とに角生れ出た新教会が成立したことは、新教の精神に生きる人間として、正に「光明」の到来だったわけでしょうし、それまでの「暗闇」から抜け出し得た幸福感も一入（ひとしお）だったわけでしょう。しかし、自らの属する新教会が権力を固め始め、嘗て旧教会の病弊に対して「それはキリストと何の関係があるか？」と問いかけ得た頃の初々しい姿を失い、やむを得ぬ現実的事情があったとは申せ、逆に、同じ問いを突きつけられるような行動に出た時、カステリヨンは、「再び暗闇に陥った」と言わざるを得なかったのでした。

　結果として、確かに、カステリヨンは無力でした。しかし、約半世紀前に、旧教会の内部で、同じく無力なエラスムスのあげた声と同じ精神で貫かれた声を、新教会内でカステリヨンがあげたことが重大なのです。現在、旧教徒と新教徒とは殺し合いなどいたしません。これは、キリスト教が正しい位置を恢復した結果であり、人間が宗教というものを正しく処理した結果だとも申せましょう。僕の若い友人のなかには旧教徒もカルヴィニスト（カルヴァン教会の信者）も居りますが、そういう人々が楽しく談合し議論する姿を眺めながら、エラスムスやカステリヨンの願いが決して無駄ではなかったことを感じ、この願いが非現実的だとか無力だとかとは決して言えないことを悟るのです。しかし、こうなるまでに、逆上し切った両派の不寛容と狂信とのために、夥しい流血の惨事があったことを思えば、エラスムスやカステリヨンが、非現実的だとか無力だとかと評せられるのも、これまた当然だとも言えます。それだからこそ、同じような過誤をできるだけ避けるのが、後世の我々のつとめとなるのであり、「それはキリストと何の関係があるか？」という批判精神が、現代においても、一人でも多くの人々に宿るように努め、十六世紀の昔と同じ犠牲、否それ以上の犠牲を払う不幸を回避しなければならないと考えざるを得ません。さもなくば、カステリヨンに対して、上に記した通り、「よく判ります。我々も貴君方と大同小異のことをしているのですから」と、恥をしのんで答える以外に全く道はなくなる筈です。人類の進歩ということは、極めてあいまいなものですが、カステリヨンに対して、「そうです、貴君方は愚かでした」と答え得るようになることに、人類の進歩の一基準は求められるかもしれません。

　現代の「光明」は、機械文明・原子力文明の発達や社会秩序を保つための法律制度の完備などから生れるとも言えましょうが、機械文明や法律を作った人間が、これを活用できずに、逆に機械文明や法律の奴隷になってしまったら、確かに「暗闇」が我々を待っていることになります。「それはキリストと何の関係があるか？」とは、同じキリスト教徒同士でありながら、同じキリストの名を唱えつつ殺し合い憎み合った時代における人間の謙虚な反省の声とするならば、現代においては、「それは人間であることと何の関係があるか？」という形で、依然として囁かれ呟かれ叫ばれ続けねばならないような気がいたします。そして、右だとか左だとか、ロシヤだとかアメリカだとか、共産主義（社会主義）だとか資本主義だとかいう差別とは無関係な筈です。「天使になろうとして豚になり易い人間」であることを忘れ、自らの作った一切のもの（機械・制度・思想……）の奴隷になるような現象に対して、絶えず、地味に批判は下され続けなければなりますまい。政治や経済が、あらゆる分野に滲透してきて居り、個人個人の生活の利害が、政治や経済に左右される現代において、人々の立場はかなり区々としている筈です。しかし、特定の政党の奴隷となり特定の経済組織の機械となって何の疑いも抱かないことは、正に「人間であること」を放棄することになるという反省は、誰しもが共通して持っていてほしい最低のものですし、この反省が、更に成長すれば、「それは人間であることと何の関係があるか？」という問いにもつながり、現代の病弊を突くことにもなるかと思います。ただ、暗愚な我々は、色々な制約で縛られているくせに自由だと思ったり、自己の利益のみに則した信念を作り出して勇往邁進いたしやすいものです。従って、丁度、同じ神とキリストとの名の下で殺し合いをした十六世紀の人々が、「それはキリストと何の関係があるか？」と呟いた人々を黙殺したように、現代の人々も、同じ「自由と平和」という標語の下で罵り合い殴り合い殺し合いながら、「それは人間であることと何の関係があるか？」という問いを発する人々を無視する確率が甚だ多いかもしれません。その上、こうした問いを発しても、所謂「梨のつぶて」になる場合が多く、その結果、虚無的な無力感に襲われることも当然考えられます。しかし、ローマは正に一日にして成らなかったのですし、塵も積れば山となるのですから、「それは人間であることと何の関係があるのか？」と問いかけ続ける人が一人でも多く生れることが必要になってきます。更に、自分が達成できなかったことは、子や孫に托するというような忍耐強い心根が、ぜひ我々にも宿らねばならないと思います。そのように悠長なことでは間に合わないとも考えられますが、間に合わぬほどの危機があるのならばなお更のこと、「それは人間であることと何の関係があるのか？」と問いかける人々の数は一層増さねばならなくなる筈でしょう。

十九世紀のフランス象徴派の作家ヴィリエ・ド・リラダンは、「人類はその利害を超越する」と申しましたが、これほど痛烈な皮肉はないかもしれません。ヴィリエ・ド・リラダンから見れば、人類というものは、それが本来持っている高貴な資質を棄てて、我からと滅びの道へ暴走しているわけで、正に人類は、何が自分の得になるか損になるかを考えようともせずに、従って、己の利害を超越して驀進していることになるわけです。これは全人類についても申せますし、各々の国家、各々の社会についても、同じく当てはまるかもしれませぬ。

それにつけても思い出されるのは、日本へ原子爆弾が落されるとともに、第二次大戦が終了した時、ジャン・ポール・サルトルが発表した『大戦の終末』という文章のことです。サルトルは、この文章中で、大戦の終末は、新しい異常な不安の出発点であることを述べ、原子力という強力なものを握った人間が、ヴィリエ・ド・リラダン流に言えば、「その利害を超越する」かしないかを、自己の意志と責任とによってしか決定できないことになった旨を記し、次のように警告していました。「人類全体が、もし生き続けるとするならば、それは、単に人類が生れたからという理由からそうなるのではなく、人類がその生命を存在せしめる決意を持ったからこそ、存続し得るということになろう」と。このサルトルの言葉には、「それは人間であることと何の関係があるか？」という問いが、最も重大な形で提出されていると思いますが、更にこの言葉は、単に原子力や核兵器を作った人類の運命に対して、人類の反省を求めているだけでなく、一つの国家、一つの社会、一つの家庭、一個人の動向如何（いかん）によって、その「利害を超越」して破滅するか、超越しないで生きのびるかという問題をも、我々の前に投げ出している筈です。そして、それは、「人間であることと何の関係があるのか？」という問いを発せねばならない機会は、現代において極めて多く、しかも、こういう問いを発することを忘れ去る機会も甚だ多く、更に、こういう問いを発しても、直ちに現実を是正することができないために無力感に誘われる機会も、これまた甚だ多いようです。ですから、なお更のこと、一人でも多くの人々が、平和は苦しいものだし、破局としての動乱は楽なものだという事実を悟り、地味な努力を、忍耐強く行い続けねばならないことになります。そうしてこそ、セバスチャン・カステリヨンに向って、「貴君方は、愚かであった」と、答えられることになるのでしょう。

カステリヨンの死後、フランスは、激烈な宗教戦争の渦中に引きこまれますが、この十六世紀後半期の波浪をくぐり抜け通したミシェル・ド・モンテーニュ（1533-1592）は、エラスムスやカステリヨンの精神を、その全存在に具現したような人間でした。このモンテーニュの言葉を、何の解説もつけずに、次に引用しても、恐らく大方の読者には判っていただけるかと存じます。

「人々は、我々の確信や判断が真実のために役立つのではなくて、我々の願望の作るものに役立てばよいと望む。私は、むしろ、その反対の極端へ落ちかねないが、それほど、私は、自分の願望に引きまわされるのを恐れている。」(『エセー』三の六)「私は次のような邪な論法を、異常なくらい咎める。即ち、『奴は同盟派(=カトリック教徒の結社)だ。なぜならば、奴は、ギュイーズ公(=上記結社の首領)の風格を讃美しているから。』『奴は、ナヴァール公(=新教派の頭目)の活躍振りに感心している。だから、奴はユグノー(=新教徒)だ。』『国王の御品行を、このように非難している。だから、奴は、胸に謀叛心を抱いている』というような論法である。」(『エセー』三の六)

この二つの言葉は、恐らく現代にも生々しく甦ることができるように思われます。なぜならば、現代は、真の「利害を超越」して、眼前の利益だけを求める「願望に引きまわされ」易く、人間が自らの作ったものの奴隷となり易い時代ですし、更に、赤・白・黒、右・左というように、人間を分類し、レッテルを貼りつけねば気がすまぬ時代だからです。「それはキリスト(人間であること)と何の関係があるか?」という問いは、上掲のモンテーニュの言葉の背後にも掲げられていたと考えられます。モンテーニュの影響は、エラスムスやカステリヨンの場合よりも、はるかに広範に及びましたが、このことは、我々の抱き易い虚無感や無力感を払いのけてくれるかもしれません。エラスムスの苦心、カステリヨンの努力は、逆上し易い人間世界の一隅を流れる尊い「地下水」の存在を暗示しますし、各々が、期せずして湧き出した清冽な泉と言ってもよいでしょう。そして、こうした「地下水」が、地味に、しかも絶えることなく流れ続けたからこそ、モンテーニュも生れ出たと言えるかと思います。我々も、先を急いではなりますまい。ローマ時代の格言に、「ゆっくり急げ」というのがありますが、これが我々の標語になってほしいと思います。我々の周囲には、「それが人間であることと何の関係があるのか？」と問いかけたくなるような現象が次から次へと生起して居ります。我々としては、「平和の苦しさ」に耐え、且つ、この「苦しさ」を守り続けて、「安易な」破局を回避するために、この問いを、忍耐強く、地味に繰り返さねばならないのでしょう。そして、それでは間に合わないという説がある以上、なお更のこと、我々は、忍苦せねばならない筈で、決して、虚無感や無力感の魔力に捕えられてはならないと思います。十六世紀の前半期に、人文学者たちが、「これはキリストと何の関係があるか？」と問いかけたのは、主として、動脈硬化に陥った旧教会の制度の病患に対してでしたが、その問のことを、史家オギュスタン・ルノーデは、次のように解説しています。「彼ら（＝人文学者たち）は、教皇が、もっと政治的でないように、高位聖職者たちが、もっと無関心でないように、正規聖職者たちが、もっと規律正しく、もっと貪慾でなく、もっと三百代言的でないように、教区の聖職者たちが、もっと無教養でなく、もっと献身的であるように、神学が、福音及び人間について、もっと無智でないように、宗教が聖職者万能主義でなく、もっと型にはまったものでなく、もっとキリストの教えに近いものであるようにと望むのである」と。（傍点は訳者）この評言は、十六世紀における史実に照らしてみて、的確であると思うばかりでなく、「教皇」とか「聖職者」とか「宗教」とかいう語の代りに、現代の権勢者（左・右・白・赤を問わず）や重要問題に置き換えたら、恐らく生々しい文章となるに違いなく、それはそっくりそのまま、我々の祈願となり得ることでしょう。「もっと……でなく」「もっと……であるように」という表現くらい生ぬるいようで、しかも、生ぬるくない着実な注文はないかと思われます。

現代において、一番自戒せねばならぬことの一つは、「それは人間であることと何の関係があるか？」という問いを敢て発し得る人々が、無力感と虚無感に陥ることでしょう。もし無力感虚無感に陥ったら、サルトルの言う「生命を存続せしめる決意」を全面的に放棄することになるのですから。また、カステリヨンに向って、「そうです。貴君方は愚かでした」とは絶対に言えなくなるのですから。(juillet 1960)

悲しく卑しい智慧

「潰走する敵の退路には黄金の橋・白銀の橋を作ってやれ」という十五・六世紀頃から、――多少の字句の変化はありますが――広くヨーロッパで用いられていた格言があります。これは、単に実も花もある騎士道とか武士道とかの精神を示すだけではないかもしれません。敗北した敵を進退谷まったところまで追いつめますと、正に窮鼠猫を嚙むの譬通りに、勝戦に乗じて深追いした軍兵らも、自棄になった敗残兵の反抗のために思わぬ痛手を蒙り、時折、勝敗が所を変えることすらありますから、潰走する敵には、思う存分、心の行くまで、安々と逃走せしめて、反省の余地を与えたほうが結局は得だという極めて打算的な金言にもなると思います。「金持喧嘩せず」という俚言と、心理的には相似的なところがあるようです。寔に、悲しく卑しい智慧と申さねばなりません。

この世のなかでは、仇敵を根絶やしにしようとしたり、金持が自分だけが更に金持になろうとして、別の金持と喧嘩をしたりして酸鼻な虐殺や血みどろな相討ちやらが行われることのほうが、悲しく卑しい智慧を実践して何とかお互いに生きてゆけるようにするよりも、はるかに男らしいし、いさぎよいし、高潔だし、土性骨(どしょうぼね)があるということになっているかもしれません。従って、悲しく卑しい智慧は、罵倒され蔑視されるのが常のようです。しかし、この悲しく卑しい智慧が、もしも、あらゆる人々の倫理となっていたら、世のなかに流れた血潮は、もっと少かったでしょうし、憎悪や猜疑の種の蒔かれ方も、もっと僅かだったでしょうし、この卑しく悲しい智慧も、さほど悲しいとも卑しいとも思われなかったでしょう。このような反省を抱かせるような事件が、古今東西を通じて数々見られました。戦争は、男らしく、いさぎよく、平和は、女々しく、卑しいものかもしれません。けれども、こうした女々しく卑しい平和に耐え得ぬ限り、人間はいつまでたっても、戦乱への郷愁に負け続けることになるかもしれません。そして、それをしも、人間の運命と言うならば、人間の尊厳とか、人間の人間たる所以(ゆえん)とか申すことは、大嘘になりますから、何も申すことはありませんし、所詮人間は、ジャングルの掟を浄化しかねるということを是認せざるを得なくなります。

筆者不明の『フランソワ一世治下におけるパリ一市民の日記』という記録があり、この記録を用いて雑文を綴ったことがありますが、フランス十六世紀前半期に君臨したフランソワ一世王の治世は、カトリック教会（旧教会）とプロテスタント教会（新教会）との対立抗争の初期、言い換えれば、フランスにおける宗教改革運動の胎動期の様相が十分に窺えたように思いました。そして、この胎動期におきましても、数々の事件は、「潰走する敵の退路には、黄金の橋・白銀の橋を作ってやれ」という悲しく卑しい智慧はほとんど省られず、対立し始めた新旧両教会の人々は、ひたすら勇ましく、ひたすら高潔に、ひたすらいさぎよく憎み合っていたことを示しますし、両派の対立抗争は激化の一途を辿るだけで、十六世紀後半の血みどろな宗教戦乱に突入してしまうことが判ります。もっとも、この宗教戦争や抗争には、東西古今を問わず、動乱時にいつも見られるような火事場泥棒めいた多くの人々が蠢動して居りましたから、単に純粋な宗教理念の対立抗争とは言い切れません。しかし、こういう連中が右往左往していたとしても、いや右往左往していたからこそ、特に悲しく卑しい智慧の働きによって、流さなくともよい血は流さずにすませ、掻き立てなくともよい憎悪は掻き立てなかったほうがよかった筈でしょう。しかし、現実は、その逆で、人々は、勇ましく、いさぎよく、高潔に、殺し合いをし、その間、火事場泥棒は、大いに稼いだらしく思われます。

この血まみれな宗教戦争の大詰の時期には、眼の上のたんこぶのようなアンリ・ド・ギュイーズ公を暗殺したアンリ三世は、同じく暗殺に倒れ、国王となるために新教から旧教へ宗旨変えをしたその次の王アンリ四世も、同じく暗殺されるという異常な事態が見られましたが、この三つの暗殺だけしかなかったというわけではなく、史上に現れたもの現れなかったものの数は、全く枚挙に暇がないほどでした。仇敵のために「黄金の橋・白銀の橋」を作ってやるどころか、追いつめ合い殺し合った結果が、こうした暗殺の連鎖反応となったのでした。しかし、暗殺と言えば、特定の人間が殺されることですが、集団的な虐殺も度々行われました。

暗殺に倒れたアンリ三世王の兄に当るシャルル九世王の御代は、宗教戦争の真唯中に該当しますが、この御代に、新教徒を今迄以上に追いつめ、激昂させ切るような事件が起っています。それは、一五七二年八月二十三日の夜から二十四日の朝にかけて行われた史上有名な聖バルトロメオ（祭日）の大虐殺でした。これは、新教徒軍の若き王族として衆望を托されていたアンリ・ド・ナヴァール（後のアンリ四世）と、シャルル九世の妹マルグリット（＝マルゴ）との政略結婚が同年八月十八日にパリで行われた直後、祝賀のために集まっていた新教徒たちを、シャルル九世及び母后カトリーヌ・ド・メディチとが、旧教徒軍の総師アンリ・ド・ギュイーズ公の強制的な勧めによって、一挙に虐殺させた事件なのでした。この暴走行為は、フランス各都市にも波及し、実に惨憺たる結果を現出してしまいました。そして、旧教徒側の策謀によるこの新教徒の大量虐殺は、宗教戦争に終止符を打つどころか、むしろ、これを激化せしめてしまったことは周知の通りであり、血膿が出尽して腫物がへこむまで、手の施しようもなくなってしまったのでした。なお、この事件の際、後述のごとく新教軍の総帥格のコリニー提督は暗殺され、アンリ・ド・ナヴァール公は、ルゥーヴル宮に軟禁され、旧教への改宗を強要されました。アンリは、ほどなく脱出し、再び新教徒となり、新教徒軍の指揮を取ることになります。

聖バルトロメオの大虐殺は、正に旧教徒側の大勝利であったわけですから、時のローマ教皇グレゴリウス十三世は、祝賀の祭典を催し、「この報知は、五十回レパントの戦でトルコ軍を破ったことよりも欣ばしい」と申しました。ご存知の通り、レパントはギリシヤの港ですが、この港の沖で、大虐殺の前の年、一五七一年に、旧教国のイスパニヤとイタリヤとの連合艦隊が邪教国たるトルコ帝国の海軍を撃破いたしました。そして、ローマ教皇は、キリスト教国のために、このレパントの海戦の勝利を祝いましたが、聖バルトロメオの大虐殺で同じキリスト教徒たる新教徒が多量に殲滅されたことを、教皇は五十倍も祝賀したことになります。また、旧教軍の総帥たるギュイーズ公の後楯となっていたイスパニヤのヘリーペ（フィリップ）二世は、大虐殺の報知を聞いて、生れて初めて笑いましたが、それ以後は笑わなかったとも伝えられています。

かくのごとく、聖バルトロメオの大虐殺は、確かに、旧教徒側が、新教徒の中枢部の人々を根絶やしにしようとする計画が実行されたものですが、こうした行動が、かえって残された新教徒やその同調者たちを逆上させてしまい、宗教戦争は益々激化するにいたることは、少数の心ある人々が見通していても、大虐殺の首謀者たち、フランス王家の人々やギュイーズ公の一味には判らなかったと申せましょう。「潰走する敵の退路に、黄金の橋・白銀の橋を作れ」という卑しく悲しい智慧は、この金言が既に当時の人々の耳目に触れていたにも拘らず、実り得ませんでした。人々は、ひたすら勇ましく、ひたすらいさぎよく、殺し合うほうを好んだだけなのでした。

聖バルトロメオの大虐殺の責任は、全く一方的に旧教徒側にあるかと申すに、必ずしもそうとは言えないらしい節もあります。一五七〇年に新旧両派の間で結ばれたサン・ジェルマンの和議は、両派の教会のフランス国内における勢力範囲を地理的に決定しようとするものでしたが、これは、旧教国としての誇りを持っていたフランスの分裂をも意味するものであり、王家の人々にも、これを擁立している旧教派の人々にも、決して快いものではありませんでした。即ち、それほど宗教改革運動がはびこり、新教徒側の勢力の圧力も強くなっていたからです。後にアンリ四世として登極する新教派の若き王族アンリ・ド・ナヴァールとシャルル九世の妹マルグリットの結婚は、正に、両派の抗争を緩和するための政略であったわけでしょうが、前述のごとくこの結婚を機会に大虐殺が行われてしまったのは、こらえ切れなくなった恐怖や猜疑が、機会を窺っていた旧教徒側の人々に、「断の一字あるのみ」と勇ましく決意させてしまったからなのでしょう。

そして、事実、この恐怖猜疑を更に深めるようなことが、新教徒側で企てられていたらしい文献を残した人がいます。

フランス文学史には、詩人としてその名を挙げられている法曹家ギュイ・デュ・フォール・ド・ピブラック（1529-1584）が、その人でした。彼は、当時、寛容主義を以って献身的に働き、しかも、この寛容主義の故に罷免された宰相ミシェル・ド・ロピタル（1507-1573）の親友でしたし、ミシェル・ド・モンテーニュによっても、廉潔公正な人物として評価されて居りましたから、このデュ・フォール・ド・ピブラックの残した文書中に記された事実が、全くのでっちあげであるとは考えられません。彼は、『フランス王国において展開した事件に関してスタニスラス・エルヴィードに送る一貴顕の書』（1573）と題する小冊子を綴ったのであります。

これは、王家から依頼して書かれたものらしく、その点ピブラックも苦慮しているような点が明らかに見られる文章でありますが、謂わばぎりぎりの線で、大虐殺の責任が全部フランス王国にかからぬように弁護していまして、純官製の弁護論に堕しているることも確かでしょう。当時、大虐殺の責任は、王家の人々、特に王弟アンジューー公アンリ（後のアンリ三世）とシャルル九世王にあるという風評が流れていましたが、丁度アンジュー公アンリが、選挙制になったポーランド王位への候補者として有力になっていましたので、エルヴィードなる人物に宛てた書簡の形で、ポーランド国民を主として対象としたフランス王家弁護論を、ピブラックが綴ったことになっています。なお、アンジュー公アンリは、一五七四年にポーランド王位に即き、三ヵ月後、兄シャルル九世の死後フランス国王に登りました。ポーランド王になれたのは、必ずしもピブラックの弁護論のお陰ではないようですが、話が枝葉に亘りすぎますから、触れないことにいたします。

ピブラックによりますと、大虐殺に先立つ八月二十二日に、新教徒軍のガスパール・ド・コリニー提督が闇討ちに会い、翌日落命した折にも、王家の人々は、その不慮の死を悼み、下手人の探索を厳命したのだそうであります。コリニー提督を暗殺したのは、旧教徒か煽動スパイかであり、この事件にも、旧教徒側の血にまみれた手が見えるわけですが、ピブラックは、こうした際にも、王家の人々が温情を示したことをポーランド人たちに伝えようと努力しているのです。そして、下手人の捜査を進めてゆくうちに、倒されたコリニー提督邸で、新教徒の陰謀の証拠が発見されてしまったのでした。ピブラックによりますと、姓名は挙げてありませんが、三人の新教徒が、この事件を密告したことになっています。陰謀の目的は、ギュイーズ公及び王家一門の人々の鏖殺（おうさつ）という「暴力革命」にあったのでした。このために、旧教軍の人々も、俄然硬化して、王・王弟・太后の鎮撫の努力も空しく、大惨事に突入してしまったのであり、結局のところ、新教徒側の暴力革命を未然に防止し、自己を守るために、聖バルトロメオの大虐殺は決行されたというのが、ピブラックの論弁になるわけです。

　御用作家では決してないピブラックを信用すれば、新教徒側に「暴力革命」の企てがあったことになり、そのためにめでたかるべきアンリ・ド・ナヴァールとマルグリットとの結婚祝賀は、血潮に煙る「唐紅（からくれない）の婚儀」と呼ばれるにいたったとも申せましょう。しかし、誠実善良なピブラックの知らぬ現実も、別にあったかもしれません。

即ち、権謀術数に長じたアンリ・ド・ギュイーズ公が、これら一切を仕組んだかもしれないと言えないこともありますまい。このような小刀細工が行われ得るように、新教徒の「暴力革命」説は流布され、人々を不安にしていたことも事実でした。しかし、これは、僕の妄想にすぎず、法秩序の正しかるべき現代にも、こんな妄想を抱かせるような事件が数々あり得るように感ずる心根のゆがんだ自分自身を省みて、情なくも思います。

以上は、要するに、四百年も昔のフランスに起った大虐殺を繞(めぐ)って書き綴った雑文に外なりません。そして、筆を進めながら、もし権力金力のある人々が、「潰走する敵の退路に黄金の橋・白銀の橋を作ってやれ」という卑しく悲しい智慧を持っていたら、虐殺はなくならなかったとしても、その数は、はるかに減っていたろうと思いました。あの時代にも、飽くまでも寛容を説いた人々、例えば、セバスチャン・カステリヨンやミシェル・ド・ロピタルやミシェル・ド・モンテーニュなどが居りましたが、勇ましく、いさぎよい現実のために、その心根は、地下水としてのみ、時代の地下を流れ、後世に伝えられただけでした。しかし、恐らく、人間文化の最良の部分は、こうした地下水に求められるべきかもしれませんし、人間の「進歩」という曖昧な概念も、それによって、若干明らかにされるかもしれません。

たった一人の人間が、敵のために「黄金の橋・白銀の橋」を作ったところで、その人間は、「ジャングルの掟」に従って抹殺されるだけで、間抜けの馬鹿野郎と嘲られるのが落ちでしょう。それほど、勇ましく、いさぎよい現実は酷薄無慙であります。しかし、それだからと言って、こうして抹殺された人間が、抹殺した人間よりも人間の名に値しないかどうかということになりますと、決してそうではないと信じます。そして、抹殺された人間の卑しく悲しい智慧は、依然として、推賞されるべきかと思います。

あらゆる人間が、この卑しく悲しい智慧を持つようになり、これを実践できるようになりさえすれば、この智慧は、卑しくもなく、悲しくもないことが判るようになるかもしれません。そして、卑しくて悲しいのは、こうした智慧によってのみしか救われないにも拘らず、この智慧を省みない人間そのものだとも申せましょう。「金持喧嘩せず」という俚言が、誰しもの倫理となるほど、あらゆる人々が金持（特に精神的に）になれる日は、いつこの地球を訪れることか、それは老残の身の知る由もありません。ただ昔と比べて、人間が、驚くほど機械化され、劃一化されてゆき、集団の力と力との対立抗争が、一切の解決法だというように思いこまれている現在、相手も金持にして喧嘩を避け、お互いに、「黄金の橋・白銀の橋」を作り合うほうが、結局は皆の得だという卑しく悲しい智慧の実践のほうが、勇ましく、いさぎよい殴りこみよりも、はるかにむつかしいということを、この地上で、誰かが、時々思い出していてほしいと希うだけです。また、戦乱は楽で、平和は苦しいものだということを、誰かが、時々考えていてほしいと思うだけなのです。(sept. 1960)

偽善の勧め

反道徳的な題なので、お驚きになる方々、憤激なさる方々もいらっしゃるでしょうが、お読み下されば、ごく平凡な勧めだということがお判りになるはずですし、文部省制定道徳教科書にも恐らく違った形で記載されるかもしれないような「人つくり」には必須な一種の教訓噺に外ならないとお思いになるでしょう。遠藤周作氏は、しばしば、この種の怪異な題目で名文を発表されますが、その真似をしたわけでは決してありませぬ。偶然似通った題となったにすぎません。もっとも、内容の品質は遠藤氏には及ばなくとも、道徳臭紛々としている点では同類であってほしいと希っております。

私は、皆様に、偽善者になるようにとお勧めいたしたいのです。しかも、とことんまで化けの皮のはがれないように、最後まで、うまく偽善者として生き通すように努力していただきたいと申したいのです。かく申す私も、最善の努力を払って、他人様に求めることを、自分でも実践いたしたいと考えておりますが、お恥ずかしいことに、まだ今のところ、すぐに尻尾をつかまれる程度の偽善者にしかなれず、無念に思っています。

このようなことは、偽善者の反対の偽悪者がよく勧めることだと言われる方もおられましょう。しかし、偽悪者——つまり悪人気取りということには、自分は善人であるという前提があるはずです。ところが、皆様にしても、自分が善人であると、心から確信しておられるでしょうか？　ほんとうに、そう信じている方々がおられたら、私は困却いたします。と申しますのは、そのように思っている方々に対して、私は常に恐怖を抱いているからです。つまり、自分は善人だから……と思っている人くらい、何をしでかすか判りませんし、少くとも、私は、こわくてとうてい附き合えないからです。

私は、どう考えても、自分が善人とは思えません。ですから、偽善者たれと主張する場合、決して、偽悪趣味を発揮していることにはならないのです。むしろ、「善人すら往生す、況んや悪人においてをや」という親鸞上人のお言葉をかみしめつつ、善にあこがれている旨を告白したに外ならないことになります。

ところで、偽善者になれと申しましても、ちょっとばかり条件がつくのです。誰にでもあたりのよい人のことを、八方美人と呼びますが、八方では不十分なので、百方美人、千方美人、万方美人、億方美人、兆方美人になってほしいのです。わずか八方だけの美人では、偽善者としては下の下です。億兆の人々を、うまくだまし切れるほどの完璧な偽善者になることこそ、私の理想とするところであり、皆様にも、ぜひそうなってほしいとお願いいたします。ところが、このような完璧な偽善者になることは、なかなかむつかしいのです。つまり、偽善者として、九十九人をだませても、一人をだませなかったら、偽善者としては落第になってしまうからです。上役にばかり取り入って、同僚や後輩につらく当る人間は、偽善者の風上には置けぬ似而非偽善者であり、家以外の人々にはにこにこし、女房子供には暴君のような人間もそうですし、公明選挙のたすきをかけて、市民には聖人面をし、料亭では政治献金と利権とを交換しながら赤い舌を出す人間も、同じく似而非偽善者と呼ばねばなりますまい。一生涯、善人面をし、己の悪人であることを徹底的に匿し了せ、少しもぼろを出さぬようになることこそ私の理想ですし、皆様の理想になってほしいと思っていますが、もし、皆がそうなれたら、世のなかのあらゆる人々が、やさしく、思いやりがあり、不正を憎み、平和を愛し、ペテンを唾棄することになりましょうし、「人間尊重」などと言って「非人間尊重」だったりする似而非偽善者も生れなくなるでしょう。

昔から「病を養う」という成句があります。これは、病気にかかった人が、自分の体のなかに住みついた病魔を、うまく飼いならして、病魔がこれ以上あばれ出ないように馴致することを意味するように思われます。本来悪人であるわれわれも、自分のなかに住みついている悪人を、うまい具合に飼いならして自分の悪人があまりあばれ出ないように心がけたほうがよいわけです。そしてそのためには、徹底的な偽善者・完璧な偽善者になるように努力すべきでしょう。八方美人では不足であり、億兆方美人になって、善人面をしてあらゆる人々をだまし尽せるようになるべきでしょう。もしそうなれたら、われわれのなかにいる悪人は、あたかも牢屋に閉じこめられたようになり、われわれが死ぬころには、栄養不足のため、ミイラになっているに違いないと思います。ですから、完璧な偽善者になり切り、一切衆生（いっさいしゅじょう）をだまし通すことができるように、われわれは精進するほうが、自分は善人であると自惚れて、悪人を気取って偽悪者になるよりも、はるかにむつかしいような気がいたします。

　こんな妙なことを考えましたのは、フランスの十七世紀の哲学者ブレーズ・パスカルのある考え方を思い出したからなのです。パスカルは、神を求めながらも入信できず、「神とは何ぞや?」「神を見せよ!」とだだをこねる人々に向って、こう申しました。「善男善女の信者たちがするように、何でもよいから、祭壇の前にひざを突いて、祈る格好をなさい。何度も何度も、そうしているうちに、神はひとりでに見えてくるし、判ってくるようになる」と申しました。

「一切衆生をだまし通せるほどの大偽善者になれ」などと申しては、道徳教育的ではないとしかられるかもしれませんが、一切衆生をことごとくだまし通すほどの大偽善者には、おいそれと簡単にはなれないところに、この勧めの、道徳教育的なところが潜んでいるつもりです。

終りに記しますが、偽善とは、善を装うことでありますから、虚偽、裏切り、怠惰、自惚れ、陰謀……などのあらゆる悪徳への勧めとは縁がありません。偽善とは、良い人間・立派な人間のふりをし、一生涯立派にその仮面をかぶることです。(1966)

凡例

一、本書は、『渡辺一夫著作集』（筑摩書房）10〜12を底本として本文を校訂した。なお、底本にあったエピグラフと「附記」、外国語の原綴は省略した。

一、本文の校訂においては、明らかな誤字脱字は修正したが、著者の表現を尊重するため、その修正は最小限にとどめ、基本的には底本の原文にしたがった。また、表現の不統一についても、同様の理由により、そのままとした。

一、ルビは底本に従うのではなく、現在では難読と思われる漢字にのみ、ひらがなで付した。ただし、底本にカタカナで付されているルビはそのまま生かした。

一、本文中には、現在では差別的とされる表現も見られるが、発表時の時代的背景および著者が故人であることに鑑み、そのままとした。

寛容は自らを守るために不寛容に対して不寛容になるべきか
渡辺一夫随筆集

二〇一九年十一月十八日　第一刷発行

著者　渡辺一夫
発行者　三田英信
発行所　三田産業株式会社
〒650-0031
兵庫県神戸市中央区東町122番地の2　港都ビル8階
電話　078-599-6197
FAX　078-599-6198

装幀　原拓郎　組版　苦楽堂　印刷　中央精版印刷

ISBN 978-4-9910066-2-3
落丁・乱丁本はお取り替えいたします。

本表紙図版：Daniel Chodowiecki
「Minerva als Symbol der Toleranz」